POR UM TRIZ

Michel Gorski e Sílvia Zatz

POR UM TRIZ

ROCCO
JOVENS LEITORES

Copyright © 2012 by Michel Gorski e Sílvia Zatz

Direitos desta edição reservados à
EDITORA ROCCO LTDA.
Av. Presidente Wilson, 231 – 8º andar
20030-021 – Rio de Janeiro – RJ
Tel.: (21) 3525-2000 – Fax: (21) 3525-2001
rocco@rocco.com.br
www.rocco.com.br

Printed in Brazil/Impresso no Brasil

ROCCO JOVENS LEITORES

GERENTE EDITORIAL
Ana Martins Bergin

PREPARAÇÃO DE ORIGINAIS
Stella Florence
Carolina Leal

PROJETO GRÁFICO
Ana Paula Daudt Brandão

CIP-BRASIL. CATALOGAÇÃO NA FONTE.
SINDICATO NACIONAL DOS EDITORES DE LIVROS, RJ.

G689p Gorski, Michel
Por um triz / Michel Gorski e Sílvia Zatz. – Rio de Janeiro: Rocco Jovens Leitores,
2012.
ISBN 978-85-7980-082-5
1. Literatura infantojuvenil brasileira. I. Zatz, Sílvia. II. Título.
11-3200   CDD – 028.5   CDU – 087.5

O texto deste livro obedece às normas do
Acordo Ortográfico da Língua Portuguesa.

A todos aqueles que já cuidaram de alguém, sejam profissionais, voluntários ou simplesmente pessoas levadas a isso pelas circunstâncias da vida.

"Os gnomos são mais antigos que seu nome, que é grego (...) Os etimologistas o atribuem ao alquimista suíço Paracelso, em cujos livros aparece pela primeira vez (...) Têm a missão de custodiar tesouros ocultos.

Gnosis, em grego, é conhecimento; conjeturou-se que Paracelso inventou a palavra gnomo porque estes conheciam e podiam revelar aos homens o lugar exato em que os metais estavam escondidos."

Jorge Luis Borges,
em *O livro dos seres imaginários*

Entro por um longo corredor que leva até uma porta grande em forma de arco. À direita, atrás de uma pequena escrivaninha, um funcionário confere um enorme livro de visitas cheio de datas e assinaturas. Atrás dele, uma placa com os dizeres: "Museu da Irmandade da Santa Casa de Misericórdia de São Paulo." Logo adiante um quadro retrata uma menina convalescente deitada em uma cama, com lápis coloridos espalhados sobre o lençol.

– O senhor está procurando alguém? – pergunta o funcionário rispidamente.

– Sim, marquei com a dona Otília, ela deve estar me aguardando.

Enquanto ele pega o telefone para se certificar, fico apreciando o ambiente levemente sombrio. Sem mais nenhuma palavra, o rapaz me aponta a entrada do museu. Ouço meus próprios passos cadenciados quebrando o silêncio. A porta bate atrás de mim. Uma senhora simpática e sorridente se apresenta como Maria Otília e me pede para aguardar um momento. Diz que um grupo de estudantes de enfermagem está para chegar e fica mais fácil fazer a apresentação uma única vez.

A sala é escura, chove lá fora. Estou cercado de objetos antigos: cadeiras, mesas, aparadores, poltronas, armários de vários tipos, tamanhos e épocas diferentes. Uma corrente de um vento gelado me faz arrepiar. Sinto cheiro de madeira velha misturado com umidade e poeira. Há um relógio de pêndulo e dezenas de objetos como castiçais, canetas-tinteiro e crucifixos de diversos tamanhos. Dão a impressão de se ter viajado pelo tempo. Parece que os objetos ali têm vida e me chamam, como se cada um deles tivesse uma história para contar. O chão é feito de cerâmica desenhada, bem desgastada, mas é possível imaginar como aquilo foi um dia. Otília me conta que o museu está em reforma já há alguns anos. Está sendo reorganizado aos poucos. Por isso não poderei ter acesso a todas as salas. Mas a essa altura o grupo de estudantes já chegou e começamos a visita.

"Boa tarde a todos, sejam bem-vindos ao Museu da Santa Casa de Misericórdia de São Paulo. Para aqueles que não sabem, ela foi fundada em 1560 e é hoje a maior do mundo. São mais de 400 anos de história que estamos tentando preservar aqui...", Otília fala numa toada monocórdica. "A peça mais célebre que temos é a Roda dos Expostos, e também o registro de todas as crianças que foram 'abandonadas' na Santa Casa. Como vocês podem ver, ela consiste basicamente de um cilindro de madeira que gira sobre o próprio eixo, com uma única abertura, encaixado dentro de um outro cilindro fixo, ligeiramente maior, que possui uma abertura de cada lado. A Roda dos Expostos ficava junto à porta de uma entrada lateral da instituição e era feita para que pessoas sem condições, impossibilitadas por qualquer motivo de criar um filho, colocassem ali dentro seus bebês, sem precisarem se identificar, tentando assim garantir um futuro melhor para suas crianças. Muitas das crianças 'expostas' foram adotadas e tornaram-se até personalidades importantes e conhecidas. Até hoje recebemos a visita de algumas delas, que vêm nos procurar em busca de suas origens, muitas vezes desejando fazer doações como retribuição... As cartas das crianças que foram abandonadas aqui e posteriormente se comunicaram conosco também são muito requisitadas no museu... Muitos roteiristas de telenovelas nos visitam à procura de inspiração para criar seus personagens e enredos dramáticos... O museu acolhe também raridades como instrumentos e utensílios médicos, aparelhos de época, a maioria deles oftálmicos, pois essa sempre foi uma área bastante desenvolvida no hospital da Santa Casa... Uma das maiores curiosidades é este grande eletroímã do século XIX, que era utilizado para extrair fragmentos metálicos dos olhos, tinha uma potência tão forte que chegou a extrair a retina de um paciente, e depois disso nunca mais foi utilizado... Há também livros de documentação de cirurgias que trazem desenhos primorosos... Esta sala é destinada aos objetos de arte, móveis, vasos, esculturas, vejam só que belo quadro sacro... Nesta parede, à nossa esquerda, encontram-se retratos dos grandes doadores e benfeitores da história da Santa Casa... Aqui vocês podem ver o magnífico armário executado pelo Liceu de Artes e Ofícios em 1883 para nossa farmácia. Ele hoje está repleto de antigos instrumentos, balanças e medicamentos usados no passado... Aqui, na sala da Mordomia, há mais retratos dos colaboradores de nossa instituição e políticos que nos auxiliaram... dentro das vitrines estão os livros de atas mais antigos... os registros de expostos... No arquivo, estão as cartas recebidas dos expostos e outras mais, sempre organizadas por data... Nesta outra estante, vocês encontrarão registros de internações e óbitos... diários escritos por pacientes que tiveram longos períodos de internação... diários escritos por médicos, funcionários e estudantes... Para aqueles que não sabem, o registro diário é um procedimento médico antigo e sugere-se que ele seja adotado nas diversas atividades da instituição... É muito interessante observar as diferentes caligrafias, as datas, os desenhos... Vejam só este aqui, de um médico, que durante 35 anos fez anotações diárias de sete linhas cada uma..."

Enquanto expõe outras curiosidades sobre os diários, Otília apanha um livro preto, já separado na prateleira. Hesita, olhando as pessoas em volta, como se estivesse escolhendo alguém. Finalmente o estende para mim. Reparo detalhadamente na parte externa e o abro com cuidado. É um caderno pautado, de capa dura, mais ou menos do tamanho ofício, desses que mesmo novos parecem antigos, bem robusto.

As primeiras palavras que leio me deixam absolutamente perplexo. Como é possível? Trata-se de um diário, cujo texto é entremeado por pedaços de folhas xerocadas, provenientes de um manuscrito antigo, aparentemente datado de 1931. Abalado pela estranha coincidência que acabo de testemunhar e movido pelo meu interesse profissional, ao fim da visita, sento-me num canto para ler o material. Devo fazê-lo obrigatoriamente ali mesmo, já que dona Otília me informa que nenhum daqueles exemplares pode sair do museu. Tenho certeza de que o conteúdo daquele caderno misterioso constitui uma peça-chave na minha investigação. Ele representa, sem dúvida alguma, uma porta para compreender o que aconteceu ao jovem Kovalsky. As anotações dele, numa letra bem firme, começam assim:

DIÁRIO DO TADEU KOVALSKY

"Em certos momentos da vida você acredita que é possível fazer escolhas. Mas talvez o seu futuro esteja determinado desde quando você nasceu. Você acha que pode decidir sobre o que vai acontecer, mas não tem controle algum sobre as coisas que o levam de um lado para outro..."

11/3/02

Anotei essas palavras porque desde que as li não saem da minha cabeça. Estou confuso. Não sei o que pensar. Mas de uma coisa eu sei muito bem: tenho em mãos um tesouro imenso. Apenas não sei o que fazer com ele. Comprei este caderno para registrar meus pensamentos fugidios com relação a esse mistério com o qual acabo de me deparar, mas que estou muito longe de decifrar. De repente minhas certezas foram colocadas em xeque. Será que eu sei o que estou fazendo, para onde estou indo? Será que a realidade se restringe a aquilo que eu vejo? Estarei enlouquecendo? Estarei sendo ingenuamente influenciado pelas ideias fantasiosas de uma mente infantil e cheia de imaginação? Talvez sim, talvez não. De qualquer modo, tenho comigo um sentimento de verdade. Algo que nunca senti antes em toda a minha vida. Uma voz interior que me diz que é aí que eu devo buscar. Que nesse emaranhado de histórias confusas e indecifráveis pode estar o verdadeiro sentido da minha vida.

As coisas estão dando certo para mim. Meu sonho de estudar medicina está se realizando. Enfrentei um bocado de coisas, venci tantos desafios para estar aqui... E agora essa dúvida que me acomete. É por isso que resolvi escrever, apesar de nunca ter sido muito bom nisso. Quem sabe essa tentativa me ajuda a organizar as ideias e as impressões das últimas semanas. Faz menos de um mês que cheguei a São Paulo, vindo do Paraná, muito ansioso e apreensivo com todas as novidades. Desde o primeiro momento me senti acuado na rodoviária lotada com centenas, milhares de pessoas circulando em todas as direções, sempre com pressa. Impossível comparar com a cidade de 17 mil habitantes onde nasci e me criei. Demorei quase uma hora para conseguir me localizar e encontrar o metrô que me levaria até o bairro de Santa Cecília, onde estou alojado. Moro numa pensão que as freiras daqui indicaram para minha mãe. Fica a menos de duas quadras da Santa

Casa de Misericórdia, que é onde frequento as aulas da FCMSCSP (Faculdade de Ciências Médicas da Santa Casa de São Paulo). Compartilho o quarto com três outros rapazes. A comida da pensão é boa, caseira, me faz lembrar de Cerro Azul.

Minha vida aqui se resume a ir de casa para a faculdade e da faculdade para casa. Não conheço quase ninguém, exceto alguns colegas de classe e a dona Henedina, que cuida do museu da Santa Casa. Ela é muito boa gente, sempre atenciosa comigo. Só tem um pequeno defeito: falar demais. E isso nos traz de volta ao ponto principal: o diário.

Eu não sabia por quê, mas ele me intrigou desde o momento em que botei os olhos nele. Ainda não sei o que pensar a respeito. Estava nos arquivos do museu. Mas creio que preciso contar como o encontrei. Ou talvez seja mais justo dizer: como ele me encontrou.

Cheguei ao museu pela primeira vez com um grupo de colegas da faculdade. A professora de história da medicina nos mandou procurar dona Henedina, que é a pessoa responsável. Ela nos recebeu com muita simpatia e se ofereceu para fazer um tour de apresentação do museu.

"Boa tarde a todos, sejam bem-vindos ao Museu da Santa Casa de Misericórdia de São Paulo. Ela foi fundada em 1560 e é hoje a maior do mundo. São mais de 400 anos de história... A peça mais célebre que temos é a Roda dos Expostos, e também o registro de todas as crianças que foram 'abandonadas' na Santa Casa. Muitas dessas crianças foram adotadas e tornaram-se até personalidades importantes e conhecidas... Sua correspondência conosco também é muito requisitada aqui no museu... Muitos roteiristas de telenovelas nos visitam à procura de inspiração para criar seus personagens e enredos dramáticos... O museu acolhe também raridades como instrumentos e utensílios médicos... Há também livros de documentação de cirurgias... Esta sala é destinada aos objetos de arte, móveis, vasos, esculturas, quadros... Nesta parede, à nossa esquerda, encontram-se retratos dos grandes doadores e benfeitores da história da Santa Casa... Aqui vocês podem ver um armário executado em 1883 para nossa farmácia. Ele hoje está repleto de antigos instrumentos, balanças e medicamentos usados no passado... Aqui, na sala da Mordomia, vocês podem ver retratos dos colaboradores de nossa instituição... dentro das vitrines estão os livros de atas mais antigos... os registros de expostos... No arquivo, estão as cartas recebidas dos expostos e outras mais, sempre organizadas por data... Nesta outra estante, vocês encontrarão registros de internações e óbitos... diários escritos por pacientes que tiveram longos períodos de internação... diários escritos por médicos, funcionários e estudantes... É muito interessante observar as diferentes caligrafias, as datas, os desenhos..."

 Ao dizer isso ela parou bem na minha frente e, olhando meu crachá, perguntou: "Kovalsky é alemão?" "Polonês", eu disse. E ela: "Rapaz, a que nome corresponde essa letra M aí no meio do seu crachá? Nome a gente não esconde, tem significado. Alguém o colocou aí para acompanhá-lo pela vida afora!" A dona Henedina sempre tem um comentário para tudo. Chega a ser irritante. De qualquer forma eu respondi, só para ser educado, dizendo que o nome oculto era Max. Ela pareceu surpresa e falou que havia um diário que parecia ser dedicado a um tal de Max. Apanhou um caderno na prateleira e o mostrou a mim. Era um caderno antigo com uma capa de couro marrom que tinha um nome gravado em letras douradas: "Ana Rendel". Era todo escrito em letra cursiva. A letra me pareceu de cara meio infantil, como se pertencesse a uma criança. Não sei por quê, mas já naquela hora eu senti que não era um objeto qualquer. Dona Henedina estava com a mão estendida esperando que eu lhe devolvesse o diário. Não sei o que deu em mim, só sei que me vi segurando firme o caderno e dizendo: "Se a senhora não se importar, eu gostaria de dar uma olhada nele." Depois de hesitar um pouco, ela falou: "Está certo, mas ele não pode sair daqui. Nenhum objeto pode sair das dependências do museu." Por mim, tudo bem, eu pensei. Sentei-me num canto e comecei a ler. Dona Henedina passou por mim mais uma vez e disse: "Daqui nada sai, só entra! Esse é meu lema. Você pode caçoar se quiser" (ela deve ter percebido a minha risada contida). "Eu tenho que estabelecer regras, sabe como é... Você não tem ideia das dificuldades que enfrentamos para botar esse museu de pé." Eu concordei com a cabeça, só para que ela fosse embora mais depressa. Assim que ela se afastou, retomei a leitura. Devorei o diário praticamente inteiro em uma tarde e até agora tenho essa impressão forte pesando sobre mim.

Um dos melhores professores até agora é o doutor Villares, de Propedêutica Clínica. Um cara muito inteligente. Ele sempre diz que quando a gente não sabe o que fazer, quando não sabe por onde começar a abordar um problema, você tem que ser metódico e anotar toda a informação que tiver. Aquilo que não faz sentido, olhado sob a nova forma do registro organizado, em algum momento ficará claro para você. É assim mesmo que deve ser: se você seguir corretamente os passos, fizer todas as perguntas necessárias e ficar atento aos indícios, chegará impreterivelmente ao diagnóstico. O importante também é não se abalar se não der certo na primeira tentativa. Você pode sempre voltar atrás, sem medo de ser julgado. Pode reler os dados e as informações obtidas quantas vezes for preciso e refazer todos os passos para esclarecer as dúvidas que ficaram. É uma sabedoria esse método científico do Villares. Acho que ele vai poder me ajudar agora.

Tadev Kovalsky

São Paulo, 18 de setembro de 1931.

Querido diário,

Hoje é um dia muito importante. É o primeiro dia do meu diário. Esta é minha primeira anotação. Tia Rosa esteve aqui ontem e me trouxe este lindo caderno de presente. Disse que é para me fazer companhia quando eu me sentir sozinha. Não me sinto assim, porque mamãe está aqui ao meu lado, cochilando na poltrona. Mas estou sem sono e fiquei com vontade de estrear o presente.

Tia Rosa me ensinou direitinho como se faz: coloca-se a data, como o cabeçalho na escola. Depois, pula-se uma linha e escreve-se "Querido diário", como acabei de fazer. Finalmente entra a anotação do dia. Pode-se escrever sobre qualquer coisa: o tempo lá fora, pessoas de quem gostamos, pessoas de quem não gostamos, coisas que fazemos, acontecimentos, sentimentos, alegrias, tristezas, reclamações... O tio Valódia me emprestou sua "escrevinhadora-tinteiro" (uma Parker autêntica, linda!) para que eu possa registrar minhas memórias com classe, como ele mesmo disse.

Como você ainda não me conhece nem sabe o que aconteceu comigo, deve estar se perguntando o que eu estou fazendo aqui presa nesta cama, que eu costumo chamar de "dormidor". Desde o acidente não consigo me levantar. Já faz cinco dias. Faço minhas refeições no dormidor, preciso de ajuda para fazer minhas necessidades e para tomar banho.

Desde que cheguei aqui no hospital fizeram um montão de exames em mim. Recebi a visita não apenas de um, mas de vários doutores, que conversam durante longo tempo com papai e mamãe enquanto me dão um quebra-cabeça para montar ou um livro de figuras para folhear. Um deles veio depois de três dias e falou o que eu já estava careca de saber como se fosse uma grande novidade: que precisarei permanecer no hospital até ficar boa. Depois ele me deu um pirulito com sabor de morango, que eu ainda não chupei. Eu não queria ficar aqui, mas papai disse que é necessário e eu já estou grandinha e posso entender. Papai e mamãe estão muito estranhos, às vezes parece que estão representando, fingindo ser uma coisa que eles não são. Como na peça de teatro que estamos ensaiando para a formatura.

Não vejo a hora de poder sair daqui! Já estou com saudades da escola, das minhas amigas, das nossas brincadeiras e conversas. O problema é que quando as pessoas quebram o osso da bacia como eu, é muito difícil consertar. É preciso ficar deitada durante muito tempo (o que é muito chato, por sinal), amarrada no dormidor e ainda com uns pesos de ferro em cima de você. Fazem isso para a pessoa não conseguir mesmo se mexer. Pelo menos foi isso que eles me explicaram e mais ou menos fizeram comigo logo depois que cheguei aqui.

As enfermeiras são todas freiras e muito simpáticas, com aqueles lenços cobrindo a cabeça, só se vê a carinha delas. Uma delas acabou de entrar e mediu minha temperatura, mas não estou com febre. Acariciou minha cabeça e disse "boa menina". Mamãe falou "obrigada, irmã", mas eu não entendi por quê, afinal ela só tem duas irmãs que são a tia Clara e a tia Rosa.

Agora eu estou ficando com sono, deve ser tarde porque está tudo quieto lá fora e muito escuro, dá até para ver o luar pelas frestas da persiana. Boa noite! Amanhã escrevo mais.

Anusha

Estive pensando e acho que vou batizá-lo. Tia Rosa falou que a gente pode dar um nome para o diário, como se fosse uma pessoa. Assim fingimos que o diário é um amigo com quem se pode conversar. Só que ainda não escolhi qual será, preciso pensar um pouco melhor. Enquanto isso, direi apenas "Olá, amigo!" e ambos saberemos com quem estou falando. Agora é hora de dormir.

Até logo, amigo. *Do widzenia.*

Assinado: *Anusha*

13/3/02

*D*o widzenia... me faz lembrar do *dziadek*, meu avô, lá em Cerro Azul, que falava tão mal o português. Ele ensinava tantas palavras engraçadas para nós e também músicas em polonês. *Do widzenia* quer dizer "até a vista". Uma das palavras que eu mais gostava era *zakopane*, que quer dizer montanha.

Vovô vivia me elogiando, dizia que eu era muito inteligente e me deixava todo convencido. Fez uma poupança para que eu, seu único neto homem, pudesse me tornar alguém na vida. Depositou religiosamente, enquanto viveu, todos os meses, a quantia que podia. E até que fez um belo pé-de-meia para mim. Me dizia que, quando eu completasse 18 anos, poderia fazer o uso que quisesse do dinheiro, desde que não torcesse pelo Atlético Paranaense. O *dziadek* adorava futebol e era torcedor do Coritiba. O esporte bretão foi desde o início o que mais o fascinou aqui no Brasil. Uma das frases que ele mais gostava de repetir, com seu sotaque carregado, era "Bôla na réde!". Foi com ele que eu aprendi a chutar bola.

    Hoje voltei ao museu para reler o diário. Sinto que terei que fazê-lo muitas vezes. Suspenderam as aulas de hoje porque um dos diretores da faculdade faleceu. Nem cheguei a conhecê-lo. Dizem que era bem velho e, pelo jeito, era muito respeitado por todos. Alguns alunos fizeram a maior festa e comemoraram o fato de não ter aula. Não consigo entender um negócio desses. O que eles pensam que estão fazendo? A futilidade de algumas pessoas me decepciona. Não dá nem vontade de me relacionar com gente assim.

    Outro que me dá nos nervos é o Fábio, um dos rapazes da pensão. Me taxou de CDF desde que soube que passei no vestibular sem fazer cursinho. Parece que sou simplesmente um rótulo para ele. Por que é tão difícil conviver com as pessoas?

Tadev

São Paulo, 19 de setembro de 1931.

Querido amigo,

Nada de interessante acontece aqui. Passo o dia amarrada nesse dormidor, sem ter o que fazer e querendo fazer um monte de coisas que não posso. Já reparei que todas as enfermeiras usam esse pano branco cobrindo a cabeça e estão sempre sorrindo. São freiras. Acho que já disse isso. Às 7h30 trazem o café da manhã num carrinho que tem uma mesa que gira até ficar bem em cima do dormidor para que eu possa comer. É a refeição que mais gosto. Tem café com leite quentinho, pãozinho fresco com manteiga e às vezes um pedaço de bolo. O que eu mais gosto é o de fubá, mas o de laranja também não é ruim. No meio da manhã, sempre um dos doutores aparece. Às vezes me examinam, às vezes só conversam. Às 11h30 vem o almoço. A carne em geral é dura, mas o frango é bom. Sexta-feira tem peixe, que eu não gosto porque tenho medo de engolir as espinhas. Todo dia tem arroz e feijão. Os legumes são horríveis, só como a cenoura e a ervilha. No lanche, tem sempre chá ou suco, biscoito ou bolo ou sanduíche. Eu sempre como bastante para garantir, porque já sei que mais tarde o jantar será péssimo: sopa todo dia! Argh! Eu finjo que como um pouco para a mamãe não ficar triste, mas como mesmo é o pão e a sobremesa. Ah, tem também os horários dos remédios: antes do café da manhã, na hora do lanche e antes de dormir. Além de dar os remédios as enferfreiras tiram a pressão, medem a febre, trazem a comadre para eu fazer xixi e cocô (mas isso a mamãe também traz). Em algum momento do dia, vem a moça da limpeza com um carrinho cheio de frascos, panos e latas de lixo. Ela usa produtos com cheiro muito forte de creolina, a mamãe sempre reclama. Tirando uma visita ou outra, essa é a rotina do hospital.

 Desde o acidente eu não enxergo muito bem. Minha vista ficou embaçada. O doutor oculista diz que é por causa da pancada. Afinal, eu caí de um muro de quase dois metros de altura. Foi por um triz. Disseram que eu vou ficar boa, e eu acreditei. A mamãe e o papai ficaram muito assustados com esse problema na minha vista, mas eu fingi que não percebi para eles não se preocuparem ainda mais. No começo, achei que eles tivessem ficado furiosos comigo por eu estar em cima daquele muro, que sempre me disseram que era uma coisa perigosa. Mas que culpa eu tenho se a Daisy (você sabe, a minha gata, não sabe?) teima em ficar ali, chamando ao Léo e a mim, esperando que a gente vá buscá-la? Depois percebi que papai e mamãe se preocupam comigo, e só estão querendo que eu me recupere logo e possa voltar para casa.

 Mamãe, papai, tia Rosa e dona Marianita, que é nossa vizinha, se revezam para me fazer companhia. Hoje é domingo e Léo esteve aqui para me ver. Léo é meu irmãozinho. Quando estou em casa, ele me aborrece muito, mas confesso que esses dias tenho sentido saudades dele.

Léo ficou a tarde toda aqui, nós nos divertimos tanto! Jogamos dominó, desenhamos juntos e ele me contou todas as novidades da escola. Ele disse que a Daisy anda muito triste, fica miando de noite na porta do meu quarto. Esqueci de pedir a ele que diga a Daisy que sinto falta dela também. Depois a vovó trouxe chocolates e foi uma grande festa. Agora vou dormir, mas antes vou comer um bombom que guardei aqui embaixo do travesseiro para esse momento. E terei sonhos muito doces.

Até logo, *do widzenia*.

Anusha

19/3/02

*H*oje teve aula do doutor Villares. É um prazer assistir à aula dele. As outras matérias são meio chatas, tudo muito teórico, muito abstrato. Disseram que o começo do curso é assim mesmo. Não vejo a hora de "botar a mão na massa". É até esquisito falar assim. Mas o contato com pacientes de carne e osso é o que eu mais anseio.

Seguindo as indicações do mestre Villares, anoto aqui minhas mais recentes observações:

1. O acidente que Ana sofreu foi uma queda de um muro alto.
2. Aparentemente sofreu uma pancada na cabeça.
3. Além de quebrar um osso da bacia, teve a visão afetada. Será que isso lhe deixou sequelas?

Tadeu

São Paulo, 22 *de setembro de* 1931.

Querido amigo,

Fico aqui no dormidor só observando as pessoas que entram no quarto. Me dei conta de que são muitas, se contar as enferfreiras, faxineiras, doutores, visitantes... Isso me faz sentir menos isolada do mundo. Resolvi fazer uma lista delas, para que você possa conhecê-las melhor.

• Doutor Peçanha (doutor de olhos) é o doutor mais bonzinho de todos. Ele é muito alto e magro também, com um nariz comprido e uns óculos pesados. Eu sei que são pesados porque às vezes ele os tira, quando quer olhar uma coisa de pertinho, e aí a gente vê a marca deixada pelos enxerga-meninos (como eu e o Léo chamamos os óculos do vovô) no nariz dele. O queixo dele é para dentro, o que deixa seu rosto meio pontudo por causa do nariz protuberante. Ele tem uma cara de fuinha. Por isso o chamo de Doutor Fuinha. Mas não na frente dele, é claro, para ele não ficar chateado. Eu gosto muito do Doutor Fuinha.

• O doutor Linhares (doutor de ossos) tem uma cara de bravo e as bochechas caídas. É bem mais baixo que o Doutor Fuinha, tem os ombros largos e é bem troncudo. Seu braço é mais grosso que a minha coxa. Quando estende a mão para cumprimentar a gente, dá até arrepio, porque ele aperta para valer. Me chama sempre de senhorita. "Bom dia, senhorita"; "Como vai, senhorita?"; "A senhorita está bonita hoje!" Por isso dei a ele o apelido de Doutor Senhorita. O papai não gostou quando eu falei, achou que era falta de respeito. Por isso, querido amigo, espero que isso fique entre nós.

• Doutor Berg (doutor de dores) é o que mais aparece por aqui. Vem praticamente todos os dias. É simpático e conversa bastante comigo. Ele conhece todos os remédios e sabe curar todas as dores. Outro dia, minha perna estava doendo muito e eu falei isso a ele. Você acredita que ele me deu um remédio de gosto ruim e a perna parou de doer no mesmo dia? Ele é incrível, o doutor Berg. Traz sempre uma surpresa no bolso do avental. Pode ser um bombom, uma bala, um apito, um anel... Eu acho que ele é meio mágico. Para mim, ele é o Doutor Mágico.

• Irmã Alice é enfermeira, ou melhor, enferfreira. Todas elas são chamadas de irmãs, é como se fossem uma família muito, muito grande. O que eu mais gosto na irmã Alice são as bochechas rosadas. Os olhos dela são bem apertadinhos, o que faz seu rosto parecer ainda mais redondo.

Ela vem sempre de manhã e ilumina todo o quarto com o sorriso. É a Irmã Sorriso. Todas as irmãs usam sempre um vestido cinza que se chama batina. No caso da Irmã Sorriso, é uma pena. Acho que ela ficaria bem melhor de vestido florido, bem colorido.

• O turno da irmã Carolina começa depois do almoço, e ela fica até a hora do jantar. Eu gosto da irmã Carolina porque ela conhece muitas histórias bonitas. Ela já me contou algumas. Depois que ela contou a do pequeno polegar, que eu já conhecia mas havia me esquecido, fiquei com vontade de chamá-la de Irmã Polegarzinha, porque ela é bem baixinha e tem uma voz fininha.

Acho que já escrevi bastante por hoje. Você já está conhecendo alguns de meus amigos aqui do hospital. Divirta-se com eles, que amanhã escrevo mais.

Dobra noc!

Anusha

15/3/02

*D*obra noc pronuncia-se "dobrá notz". Minha avó dizia isso quando nos colocava na cama. "*Dobra noc*, Tadeushu." E eu respondia "Boa noite, *babcia*". Parece que estou ouvindo a voz rouca dela.

Villares, aí vou eu. Já dá para perceber a mania que Anusha tem de inventar nomes para as coisas e as pessoas.

Como se quisesse imprimir sua marca pessoal a tudo o que interage com ela. Personalizar o que gosta e o que não gosta também, por que não?

Tadeu

São Paulo, 24 *de setembro de* 1931.

Querido amigo,

Estou cansada, minha vista está embaçada hoje. O Doutor Fuinha não passou por aqui, mas se ele vier amanhã vou reclamar para ele. E já que não há nada de novo por aqui, continuarei apresentando a você os frequentadores deste quarto.

• Ana Maria é a moça da limpeza. Está sempre apressada, correndo de lá para cá. O apelido dela é Ana Maria Corre-Cotia. Ela se mexe rápido, gesticula muito e fala com um sotaque engraçado. Diz que veio de Pernambuco. Ela acabou de sair do quarto e a mamãe já está reclamando do cheiro dos produtos de limpeza que ela usou.

• Josimara às vezes vem no lugar da Ana Maria Corre-Cotia. Ela é muito gorda e se mexe devagar, feito uma tartaruga.

• A irmã Agnes é meio esquisita, porque tem os olhos muito grandes e meio arregalados, parece que acabou de levar um susto. A primeira vez que ela entrou no quarto, tia Rosa disse assim: "O que foi, mulher? Parece que viu um fantasma!" Eu comecei a rir, porque parecia mesmo que ela tinha acabado de ver um fantasma ou um monstro ou qualquer coisa parecida. Mas aí tia Rosa olhou feio para mim e a Irmã Olho de Sapo fez o sinal da cruz. Outra coisa que aprendi é que elas fazem o sinal da cruz para tudo. Deve dar sorte.

• A irmã Angélica se reveza com a Irmã Olho de Sapo à noite. Eu acho que ela deve ser loira, apesar de não dar para ver nadica do cabelo dela debaixo do lenço. Mas ela é toda branquinha e seus olhos são azuis, como os do Léo. Já te falei do meu irmão pequeno? Todo mundo diz que ele tem olhos lindos, iguais aos da mamãe. Os meus não: são pretinhos feito duas jaboticabas maduras. Vou perguntar ao Doutor Fuinha se existe um jeito de mudar a cor dos olhos da gente. Acho que a Irmã Rata-Branca não gosta muito de conversar. Muitas vezes ela chega e vai embora sem dizer uma única palavra além de "boa noite". Pensando bem, acho que deve ser por causa da primeira noite que passei aqui. Depois de me examinar e tirar a minha temperatura, ela perguntou a mamãe se poderia rezar uma "ave-maria". Eu não sabia o que era essa tal ave-maria, mas mamãe concordou e disse que ela podia fazê-lo. Então a Irmã Rata-Branca começou a recitar uns versos bem baixinho e bem rápido, de modo que não entendi metade das palavras. Aí ela perguntou se eu não gostaria de recitar junto com ela. Como eu não conhecia esses versos, fiquei sem jeito e não soube responder. Mamãe logo tomou a palavra para me salvar da situação e disse que eu não conhecia essa poesia porque somos judeus. A Irmã Rata-Branca deve ter ficado chateada por causa disso. O papai diz que tem pessoas que não gostam da gente, quer dizer, dos judeus.

• A madre superiora é velha e tem um chapéu maior do que as outras. Ela é muito poderosa, manda em todas as enferfreiras. A visita dela é mais rara, pois ela deve ter muitas ocupações. Sempre que a vejo, não posso deixar de me lembrar do Chapeleiro Louco da Alice, por isso resolvi chamá-la de Madre Chapeleira. Acho que ela deve ser muito sábia, pois, para qualquer coisa, todos aqui no hospital dizem que precisam consultar a Madre Chapeleira, digo, madre superiora.

• Dalva é funcionária da copa. É ela quem traz a comida de manhã e na hora do almoço. Ela acha tudo uma delícia. É a Dona Delícia. "Trouxe um bolo especial que está uma delícia!"; "O almoço hoje está uma delícia!" "Que delícia a menina gostaria de comer hoje?" Aí, se eu disser o que quero, ela vai responder: "Que pena, hoje não tem, mas ouvi dizer que este outro prato aqui está uma delícia..."; "Vou pedir para eles fazerem a sua encomenda amanhã, está bem?" Tudo mentira, porque no dia seguinte vão repetir o cardápio de sempre.

• Mariazinha também trabalha na copa, geralmente é ela quem traz o jantar. Não fala muito. Eu sei que não é culpa dela, mas o que vou fazer se é a portadora da sopa – eca! – de todo dia? Não consigo simpatizar com ela. Só posso desejar que, algum dia, passem a Maria-da-sopa para o turno da manhã.

• Tia Rosa é minha tia preferida. Ela é jovem, bonita, usa lindos chapéus e sempre me leva para passear. Quer dizer, quando eu não estou machucada e atada a esse dormidor infeliz. Foi tia Rosa quem me deu você de presente, portanto, muito respeito com ela. Também me ensinou tudo sobre diários, eu aprendo muito com ela.

• Dona Marianita é a nossa vizinha. Ela tem dois filhos, uma família parecida com a nossa. São a Sandra e o Nelson, que brincam bastante comigo e com o Léo. Estamos sempre juntos. O Léo a chama de Dona Marianita Cara de Cabrita. Eu também a chamo assim às vezes, mas nunca na sua frente porque ela não iria gostar. E nós todos gostamos muito dela. Ela tem vindo sempre aqui no hospital me fazer companhia, às vezes traz a Sandra e nós jogamos alguma coisa juntas.

Agora preciso ir porque a Irmã Olho de Sapo acabou de entrar para me dar a última dose do remédio receitado pelo Doutor Mágico. Se eu demorar mais um pouco, o olho dela é capaz de saltar da cara.
Dobra noc,

Anusha

16/3/02

L endo as descrições da Anusha, fico imaginando como esse lugar era setenta anos atrás. Quando não estou na aula nem no museu, fico circulando pela fortaleza que é a Santa Casa. Que lugar incrível! Parece uma cidade inteira dentro de uma muralha, com todo tipo de gente andando de lá para cá. Pobres, ricos, brancos, pretos, velhos, crianças... Um lugar onde se nasce e se morre, onde se poderia passar uma vida inteira, como algumas irmãs de fato passaram. Gosto de me sentar num banco à sombra de uma árvore que fica numa espécie de praça. Ao lado tem um tanque com umas tartarugas. Vira e mexe uma criança aparece para ver. É um lugar bem agradável, quase em frente à capela. Isso mesmo! Tem até uma capela aqui dentro. E não é uma capelinha qualquer, não. Deve ser maior do que nossa igreja de Cerro Azul. Ainda tem muitos lugares que não explorei, tem umas alas onde não são admitidos visitantes e não se pode circular livremente. Quando saio daqui vou direto para casa. Não me encorajo a ir muito longe nessa cidade que mal conheço. Nunca fui do tipo aventureiro, só

em sonhos. Quando criança, na minha imaginação, era um desbravador que enfrentava os maiores perigos. Explorava os mares gelados do Ártico, lutava com serpentes assassinas na selva tropical, atravessava desertos montado em camelos enormes. Mas, na verdade, prefiro ficar quieto no meu canto. É mais uma coisa que eu e Anusha temos em comum: ela por impedimento, eu por temperamento, ambos estamos confinados à Santa Fortaleza.
Do widzenia,

Tadev

São Paulo, 27 *de setembro* de 1931.

Bom dia, que lindo dia!

O Ciclista acaba de passar por aqui. Na verdade ele se chama Rolando e mora na enfermaria C. Ele foi atropelado por um bonde quando andava de bicicleta e quebrou mais de dez ossos no corpo todo. Coitado! É reconfortante ver alguém numa situação pior que a nossa. Na verdade, o Ciclista estava aqui no hospital muito antes de eu chegar, a Irmã Sorriso disse que vai completar seis meses que ele está aqui. Espero que eu não demore tanto para sair! De uns dias para cá, ele já consegue andar com a ajuda de muletas. Eu gosto dele porque está sempre contente. Ele passa pela porta do meu quarto sempre rindo, como agora há pouco, e diz "Bom dia, que lindo dia!" e contagia a gente com o seu contentamento.

Faz três dias que não recebo a visita de ninguém. Ninguém de fora do hospital, sabe como é. Agora você já conhece alguns dos meus amigos daqui, mas não é a mesma coisa. O papai está viajando a trabalho, não o vejo há um século! Estou morrendo de saudades. O Léo está ocupado com as provas bimestrais na escola. Tia Rosa está ajudando o tio Valódia na loja, então já viu... Ainda bem que tenho você e o meu bom Ciclista para me alegrar! Acho que já o informei de quase todas as pessoas de quem vale a pena falar aqui no hospital. Do que me lembro, faltam apenas três, que são "colegas de internação". Quer conhecê-los?

• A Helena é a paciente da enfermaria B. Ela não é muito jovem nem muito velha, nem muito bonita nem muito feia. É assim meio sem sal. A mamãe disse que ela tem um problema nos rins, por isso está aqui. Eu não entendo isso muito bem, só sei que ela é pálida e anda devagar. Às vezes ela vem me visitar aqui no quarto e nós conversamos bastante. Ela anda arrastando aquele cabideiro e carrega uma bolsinha que é para guardar o xixi. Ainda não consegui arranjar um apelido para ela, e isso está me deixando encafifada.

• O Jairo fica na ala masculina da enfermaria infantil. O Valentão é uma das poucas crianças por aqui. Ele também não pode se mexer. Eu pensei que ele tivesse caído como eu, mas o Doutor Senhorita disse que é por causa de uma doença que ele teve. Só que ele não precisa ficar amarrado no dormidor e pode andar por aí numa cadeira rolante. Ele passa por aqui quase todos os dias para me ver, mas não gosta muito de conversar. Às vezes ficamos um tempão parados, só olhando um para a cara do outro. Dia desses, a Irmã Polegarzinha contou a história da menina dos fósforos para nós dois. Eu chorei no final porque a história era muito triste, mas o Jairo não. Ele me disse que nunca chora. Será verdade? Quando eu sair daqui e o Valentão também voltar para a casa dele, vou convidá-lo para vir à minha casa brincar comigo.

- A Dona Deusa vive na enfermaria B, junto com Helena. Ela é bem velhinha. Acho que a doença dela é a velhice. É toda enrugadinha, parece uma uva-passa. Sei que é maldade falar assim, mas que parece, parece. Ela tem vários filhos e netos que vêm sempre visitá-la. Na semana passada, um dos seus netos esqueceu um livro aqui. Chama-se *Reinações de Narizinho*. Dona Uva-Passa o emprestou para mim. Toda tarde eu leio um pouquinho, que é para o livro durar bastante. Sempre faço isso com os livros bons, pois não quero que acabem nunca!

O meu quarto tem também outros leitos, mas estão desocupados desde que cheguei aqui.

Até breve, *do widzenia!*

Anusha

17/3/02

Queria me deixar contagiar por essa alegria do Ciclista, por esse contentamento. Às vezes tenho a impressão de que Anusha está escrevendo para mim. Ultimamente tenho me sentido tão amargurado... Nunca tinha passado um tempo tão longo fora da casa dos meus pais. Essa mudança tem sido difícil para mim. Achei que fosse me adaptar mais facilmente à vida na capital. Era um sonho que eu tinha. Entrei na faculdade sem fazer cursinho, e todos em casa ficaram orgulhosos. Fui pego meio de surpresa, pois não achava que passaria no vestibular. Então eu ia poder passar o ano inteiro pensando no que fazer da minha vida. Sei lá, viajar, conhecer outros lugares. Afinal, a poupança do *dziadek* me proporcionaria esse luxo. Sempre fui bom aluno na escola, mas, você sabe, o vestibular de medicina não é nada fácil, é muito concorrido e as pessoas se preparam durante anos. Não que eu não tenha me preparado. Nos últimos meses, dediquei praticamente todo o meu tempo aos estudos. É uma carreira que eu gostaria de seguir. Mas sei lá, talvez tenha outras coisas que eu também gostaria de fazer. Não me pergunte o quê, mas estou certo de que ainda vou descobrir.

Nunca fui um cara de muitos amigos, sou mais caseiro. Achei que estando aqui conseguiria me soltar. Sonhei com as novas amizades, com os programas, com as meninas... Mas nada disso aconteceu. Tem duas moças na classe que foram simpáticas e, um dia desses, me convidaram para almoçar com elas: uma se chama Rita; a outra, Márcia. Elas também não são de São Paulo, vieram do interior do estado para estudar. Foi a primeira vez que troquei mais de duas palavras com alguém da classe, e foi muito bom. Agora fico esperando elas me chamarem de novo, não quero parecer intrometido. Acho que ter amigos dá muito trabalho.

Quanto ao curso, estou gostando, há tanta coisa a aprender... Mas continuamos só na teoria, e será assim ainda por um bom tempo. Preciso escrever para casa, todos devem estar aguardando notícias minhas. Fico adiando porque não sei muito bem o que dizer.

Do widzenia,

Tadev

São Paulo, 8 de outubro de 1931.

Querido amigo,

Faz tempo, não é? Tenho tanta coisa para contar... No dia seguinte à minha última anotação, uma coisa terrível aconteceu. Eu acordei de manhã, abri os olhos, e foi como se ainda não os tivesse aberto. Não enxergava nada. Comecei a chamar pela mamãe, que por sorte estava ao meu lado, mas eu não sabia. Ouvia a voz dela, mas não conseguia ver seu rosto. Segurava a mão dela, mas tudo o que eu via era uma nuvem de fumaça. Aos poucos a forma do seu rosto foi se definindo – um pouco –, mas minha aflição era enorme. Chamaram os doutores às pressas. Durante dias, fizeram todo tipo de exame em mim, para ver se descobriam o que tinha acontecido. Finalmente o Doutor Mágico deu uma explicação sobre como o tal do nervo óptico se contraiu depois da batida, teve um sangue que coagulou e depois se moveu dentro de uma veia na minha cabeça... mas de que adianta tudo isso se continuo sem enxergar nada? Para mim o que conta é poder ver. Sem ver, eu não podia nem escrever e conversar com você, meu querido amigo. Isso também foi me deixando muito chateada.

Mas você deve estar se perguntando: então como é que você está aqui agora? Pois é. Estou. Posso enxergar o que escrevo, não muito bem, mas o suficiente para fazê-lo. Acontece que o Doutor Fuinha, especialista em olhos, como você bem sabe, inventou essa traquitana que estou usando. É um conjunto de lentes, uma na frente da outra, com filtros de cores e sabe Deus mais o quê. Ele prendeu tudo com um tipo de arame e colocou no meu rosto como se fosse um par de enxerga-meninos. Sabe o nome que eu dei para isso? "Inventóculos". Eu me sinto uma verdadeira máquina usando esse inventóculos. Devo estar parecendo um monstro assustador. Mas o que importa é que posso ver (um pouco) novamente.

O Doutor Fuinha disse que é uma questão de tempo, o sangue que coagulou vai se dissolver, o nervo que se contraiu vai desinchar e voltar ao normal. Só que vai demorar um pouco, ele não sabe dizer quanto tempo.

Enquanto isso, tenho você para me consolar. Minha letra deve estar horrível, me desculpe. Fico me lembrando das aulas de caligrafia na escola, em que a professora tampava o caderno e nós tínhamos que escrever sem olhar. Agora vejo que aquilo foi uma espécie de treinamento para mim. Estou de volta, amigo querido.

Sua,

Anusha

É engraçado cada vez que alguém entra no quarto e olha para mim com cara de espanto. É por causa do inventóculos, claro.

18/3/02

Só posso achar estranho. Como saber o que aconteceu de fato nesse pequeno intervalo de tempo? A visão vai embora, os médicos dão uma explicação científica, o Doutor Fuinha (já não me lembro o nome dele, preciso checar) aparece com aquilo que Anusha chama de inventóculos. Eu preciso descobrir que aparelho é esse. Mas não sei nem mesmo por onde começar.

Mais um item para a lista de pesquisa: *Gnomus nosocomium*. Preciso encontrar alguma informação sobre isso. Estou me antecipando, não posso evitar. Tadeu, lembre-se do Villares: volte, volte, volte. Não coloque o carro à frente dos bois.

Tadeu

São Paulo, 10 de outubro de 1931.

Bom dia, que lindo dia! Sabe, querido amigo, nem o Ciclista está conseguindo me alegrar nesses últimos tempos. Mesmo com o inventóculos, eu não consigo enxergar muito bem. E as letras de *Reinações de Narizinho,* que a Dona Uva-Passa tinha me emprestado, são muito pequenininhas. Eu tentei, mas nem com esforço consegui. É uma pena, porque eu estava gostando tanto do livro... A Irmã Polegarzinha tem me contado histórias quase todos os dias, ela conhece tantas histórias maravilhosas! Às vezes o Valentão também vem escutar, e aí nós damos muitas risadas juntos. Acabei de ter uma ideia. Vou pedir para a Irmã Polegarzinha ler a história das *Reinações de Narizinho* para mim.

Tem uns ciscos que aparecem na minha vista de vez em quando. Deve ser alguma sujeira nas lentes do inventóculos. Eu já falei para o Doutor Fuinha, mas os ciscos nunca aparecem quando ele está aqui.

Anusha

19/3/02

Anusha, você me faz lembrar da minha irmã pequena, a Anete. Ela tinha ideias engraçadas e me fazia rir muito, sempre. Lá em casa todos chamavam a Anete de *Lala*, foi a minha avó que inventou. Porque ela parecia uma bonequinha, e *Lala* é boneca em polonês. Na verdade a palavra para boneca é *lalka*, mas a vovó dizia que *lala* era como se fosse um diminutivo, uma forma carinhosa de chamar.

Anusha, você vai ser a minha *Lala*.

Tadev

São Paulo, 11 de outubro de 1931.

Meu amigo,

Olha só eu aqui de novo! Sabe, estive pensando naquela nossa conversa sobre nomes. Sim, porque eu tenho um nome pelo qual você pode me chamar. Eu sou a Anusha, todos me conhecem assim, se bem que isso não importa muito agora. Quero dizer, na minha situação atual, confinada nesse quarto de paredes lisas (isso está me dando uma ideia! Eu poderia pintá-las, deixá-las mais bonitas... talvez você possa me ajudar... brincadeira!). Mas voltando ao nosso assunto, você está em vantagem com relação a mim. Porque sabe meu nome e pode usá-lo para me chamar, mas eu não. É por isso que eu quis escrever agora. Chega de ser incógnito. Chega de ser um zé-ninguém. Prepare-se porque vou batizá-lo agora, agorinha mesmo. Depois de muito pensar, escolhi o seu nome. É claro que não poderia

ser um nome qualquer, afinal você é uma parte tão importante da minha vida. Mas basta de comentários e vamos à ação. Concentre-se e preste atenção: a partir deste momento, seu nome será Max. Max, Max, Max, Max, Max. Soa bem, não? Missão cumprida. Agora posso descansar tranquila.
Boa noite, Max!

Anusha

20/3/02

A primeira leitura desta anotação foi um choque para mim. Como é que ela foi escolher justamente esse nome? Parece bruxaria. É absurdo, vão achar que enlouqueci, mas ela está falando comigo. Diretamente. Posso senti-lo. Talvez por isso eu tenha ficado tão impressionado desde o início. É como se o diário de Anusha fosse de fato dirigido a mim. Será que ela sabia que, tantos anos depois, o seu tesouro chegaria até minhas mãos? Será muita pretensão da minha parte? Pode ser. Eu nunca gostei desse nome, nunca o utilizei, a não ser nas listas de chamada da escola. Minha mãe o escolheu para homenagear um tio que havia falecido, mas nem mesmo ela jamais me chamou assim. Sempre fui Tadeu Kovalsky. Quase ninguém sabe que tenho um nome do meio. E que esse nome é Max. Tadeu Max Kovalsky. *Lala*, como você adivinhou?

Tadeu Max

São Paulo, 12 de outubro de 1931.

Querido Max,

Gostei de chamá-lo assim. Acho que foi uma boa escolha. Quando eu crescer, me casar e tiver um filho, ele vai se chamar Max. Você não acredita? Acha que vou mudar de ideia? Pois então espere para ver.

    Sabe, Max, o inventóculos funciona bem, é um bom quebra-galho, como diz o papai. Mas essas lentes juntam muita sujeira. Eu falei de novo para o Doutor Fuinha sobre os ciscos que aparecem e insistem em ficar mudando de lugar, especialmente quando estou sozinha. Ele examinou sua invenção com cuidado e garantiu que não havia nada nas lentes. Deve ser alguma alteração nos meus olhos que me dá essa impressão, mas ele não deu muita importância. Às vezes os ciscos parecem bichinhos que ficam se mexendo, como se estivessem presos, querendo escapar do meio das lentes. Quem sabe sejam moscas. Apesar do ambiente limpo, há muitas circulando por aqui nessa época do ano.

Anusha

21/3/02

"Eu sou a mosca que pousou na sua sopa
Eu sou a mosca que pintou pra lhe abusar
Eu sou a mosca que perturba o seu sono
Eu sou a mosca no seu quarto a zumbizar"

Sua anotação me faz lembrar daquela música do Raul Seixas. Mas é claro que você não o conhece, que besteira a minha. Você vive na década de 1930! O Raul é uma figura ímpar, alguém que soube se impor e expor aos outros aquilo em que acreditava. Sou seu fã absoluto! Sei todas as suas músicas de cor, tenho todos os CDs. Sabe que o fã-clube dele é aqui em São Paulo, no bairro de Santana? Queria ir até lá, mas ainda não tive tempo nem coragem.

Tadev

São Paulo, 13 de outubro de 1931.

O Doutor Senhorita passou de visita hoje e o Doutor Mágico também. Eu não consigo entender qual deles decide por quanto tempo eu preciso ficar presa a esse dormidor. Cada um joga a peteca para o outro, como se diz por aí. O Doutor Mágico diz que precisa consultar o Senhorita (que ele chama de doutor Linhares, como a maioria das pessoas por aqui), que por sua vez diz que precisa consultar o doutor Berg (é assim que ele chama o Doutor Mágico, ainda bem que eu consigo traduzir). E ninguém tem resposta para nada. Estou cheia dessa palhaçada. Não é nada com você, Max. Queria que todas essas pessoas explodissem e desaparecessem para sempre.

Anusha

22/3/02

Recebi carta de casa ontem. Fiquei contente de saber que está tudo bem por lá. O reumatismo do pai melhorou e a Denise, nossa vizinha lá de Cerro Azul, que se casou pouco antes de eu vir para cá, vai ter um bebê. Não é demais? Conheço ela desde criança, fomos criados juntos. Houve um tempo, quando éramos adolescentes, em que até trocamos uns beijos. Eu queria namorá-la, mas acho que ela não queria nada comigo. São coisas do passado. Fiquei tão emocionado com a notícia que quase chorei. Você sabe, não é, *Lala*, que eu adoro crianças. E para mim a gestação de um bebê é um verdadeiro milagre. Não vejo a hora de começarem as aulas de obstetrícia, mas sei que isso ainda vai demorar um pouco. Penso em me especializar e fazer residência nessa área. Sempre achei que um médico que traz as crianças ao mundo é um privilegiado. O pai está orgulhoso de mim, percebi isso pelo jeito como ele escreveu, embora não tenha dito com todas as letras. Mas o pai é assim mesmo, seco, nunca demonstra os sentimentos. Acho que puxei isso a ele. Eu fico contente de poder lhe dar essa alegria, mas tenho medo de decepcioná-lo. E se eu não for um bom médico? E se chegar à conclusão de que essa carreira não serve para mim? Até agora está indo tudo muito bem. Mas sabe, *Lala*, às vezes eu me pergunto se é isso mesmo que eu quero para a minha vida. E quando penso que terei de passar ainda seis, sete ou oito anos estudando, vivendo ilhado nesta cidade grande, carregando tantas questões que ninguém consegue esclarecer... confesso que fico angustiado. Você sabe que não estou gostando de viver sozinho aqui. Os rapazes da pensão me fazem alguma companhia, mas não tenho nada em comum com eles. Na faculdade não consegui fazer nenhuma amizade. Às vezes me sento com alguns colegas na lanchonete, tomo alguma coisa e fico escutando as conversas. Mas é como se eu não pertencesse ao mesmo mundo que eles. Me sinto um ser de outro planeta. Acho que eles também percebem isso pelo modo como me olham.

Como diria Raulzito,

"Sou o que sou
Sem mentiras pra mim,
Se você quer chegar me aceite assim,
Pois o fato é que eu sou
E não vou me negar"

Até breve,

Tadeu

São Paulo, 14 *de outubro* de 1931.

Querido Max,

Hoje aconteceu uma coisa muito estranha e eu estava louquinha de vontade de lhe contar. Foi logo de manhã. Mamãe tinha saído do quarto para conversar com o Doutor Senhorita que acabara de fazer sua visita diária. Ela sempre gosta de sair para ter com ele aquelas "conversas de adultos", você sabe como é a mamãe. Não faz mal, eu não ligo para isso e continuo gostando dela do mesmo jeito. Pelo menos ela não me obriga a ficar escutando as conversas chatas que trava com os outros adultos.

Mas, agora, vamos ao que interessa. Eu não estava fazendo nada, estava simplesmente olhando pela janela e tentando apreciar a paisagem lá fora. O dia hoje está esplêndido, não tem uma nuvenzinha sequer em todo o céu. E sabe aquela jabuticabeira em frente à minha janela? Ela está dando flores, ou perfumosas, como eu gosto de dizer. Você precisa ver como está linda. Pelo menos é o que dizem as irmãs, pois eu mal vejo vultos. Mesmo assim posso reconhecer as cores lá fora.

O que eu queria dizer é que de repente uma daquelas mosquinhas chatas começou a se mexer na lente do meu inventóculos. Resolvi tentar limpá-la com a manga da minha camisa. Estava começando a esfregar a lente quando ouvi um gritinho bem agudo. E uma vozinha fina falando assim: "Gus, corra, Gus! Perigo iminente!" E eu pensei comigo: "Será que alguém está gritando lá fora?" Então aproximei minha mão para tentar limpar a sujeira novamente. E mais uma vez a voz: "Gus, seu atrapalhado, ela vai te jogar para longe daqui!"

Eu olhava bem para a frente, e me pareceu que aquilo que antes eu chamava de cisco era realmente um inseto, com perninhas e antenas. Talvez estivesse prensado entre duas lentes, pois você sabe que o inventóculos é composto de tantas lentes que chega a ter a grossura do meu braço. Estava muito perto, meio desfocado, não dava para discernir bem. Talvez fosse um mosquito, um pernilongo... Seria uma pulga? Mas logo pensei que não, pois as pulgas nunca (ou quase nunca) ficam assim paradas, a não ser que estejam chupando o sangue da gente. Argh! Um mosquito então... Mas mosquitos não falam! Você sabe disso tão bem quanto eu. De onde vinha aquela voz, então?

Estava me debatendo com esses pensamentos quando outro "mosquito" apareceu. Só então as pequenas criaturinhas foram ficando mais definidas. "Ué!? Desde quando mosquitos usam botas?", eu pensei. "E chapéus!" O segundo "mosquito" aproximou-se do primeiro e aí eu percebi que ele estava realmente preso no inventóculos, acenando com as estranhas mãozinhas para cima. Um segurou o outro pelo braço, dizendo: "Eu vou puxar você. Vou contar quatro, três, dois, um, e aí você tenta soltar a perna." Ao que o amigo respondeu: "Eu não vou conseguir, Gus! Minha perna está presa. Esse é meu fim, estou sentindo. Triste, triste fim!" E o diálogo continuou: "Não faça drama, Greb, você sempre consegue!" "Santo tronco de árvore, não me faça morrer!"

Eu não estava entendendo nada, mas não podia deixar de presenciar aquela cena patética.

"Quatro, três, dois, um... lá vou eu!" Gus puxou o amigo e os dois foram arremessados para o canto direito do inventóculos. Eles estavam se levantando, tentando se equilibrar novamente, e eu só olhando para eles com meus dois olhos bem arregalados. Foi então que eles se viraram bem de frente para mim e finalmente me olharam. Ficamos em silêncio uns longos segundos. "Quem são vocês?", arrisquei perguntar. Os dois se entreolharam. "É o fim", disse um deles. "Adeus, amigo querido", falou o outro. Eles se jogaram na armação das lentes, escondendo o rosto por mais alguns segundos. Como nada aconteceu, imagino, levantaram-se e olharam outra vez para mim.

"Quem são vocês?", perguntei de novo. "Somos seus servidores", responderam em coro. "Meus servidores? Como assim?", disse eu. "Você nos viu, agora está feito. Nossa vida agora pertence a você." "Nunca pensei que isso fosse acontecer comigo, especialmente vindo de alguém como ela." Ela, no caso, era eu. Com certeza estava dizendo isso por causa da minha vista, e isso me deixou extremamente chateada. "Não precisa me ofender", eu disse. "Eu sei que estou meio ridícula desse jeito, mas saiba que vou ficar boa. Papai falou que até o final do ano estarei em casa e logo não precisarei mais desse trambolho na frente dos meus olhos, se Deus quiser!" A essa altura eu já estava quase chorando, tenho estado com uma sensibilidade à flor da pele.

"Desculpe", disse aquele que se chamava Gus. "Não foi minha intenção ofendê-la." "Não nos castigue", disse o que se chamava Greb. "Isso não vai mais acontecer."

"Esperem aí", eu já estava quase perdendo a paciência. "Só quero que me expliquem de uma vez por todas o que está acontecendo."

"Está bem", disse um deles ajeitando o chapéu. "Eu sou Greb, e esse é Gus, o gnomo mais atrapalhado do mundo." Então era isso. Eu imediatamente compreendi do que se tratava. Já tinha lido uma história a respeito de gnomos que viviam num mundo invisível. Mas jamais poderia imaginar que eles existissem de verdade.

"Vocês são gnomos mesmo?", perguntei, querendo me certificar do que tinha entendido. "Gnomos cosonômios", respondeu Gus, "com muito orgulho. Não somos como esses outros que andam por aí nas florestas e nas matas." Greb lançou-lhe um olhar de censura, como se não concordasse com o que o outro estava falando.

"Como é que é?", perguntei, querendo me certificar do que tinha entendido. "Gnomos o quê?" Mas ambos apenas balançaram a cabeça de um lado para outro.

Nonosômios? Monocônios? Manicômios? Jiconsônios? Que palavra estranha era essa que eles tinham falado?

"Gnomos hospitalares", disse um deles, "gnomos pigmeus hospitalares", como se estivesse tentando traduzir. Gnomos pigmeus hospitalares... Desses eu nunca ouvi falar.

"Eu me chamo Anusha", eu disse, impelida a me apresentar também. "E sou uma..." (precisei pensar um pouco antes de dizer o que eu era) "menina."

"Como se não soubéssemos disso..." resmungou Greb, que era o mais resmungão dos dois.

"Passamos a vida estudando você", completou Gus.

"Eu?" A afirmação dele não me fazia nenhum sentido.

"Não só você, mas os seus semelhantes."

Eu devo ter feito cara de quem não entendeu, porque o outro logo se pôs a explicar.

"Os humanos de visão turva e o mistério do seu olhar."

"Está bem, está bem." Eu não estava com paciência para ficar ouvindo muitas explicações. "Será que vocês poderiam me dizer desde quando estão aqui?"

"Nós vivemos aqui!", falou Gus, como se estivesse dizendo o óbvio.

"Mas eu nunca vi vocês por aqui antes", retruquei.

"Pois é, até agora não entendo como é que você está nos vendo agora!", exclamou Greb, com ar perplexo.

Bem nessa hora, ouvimos o barulho da maçaneta girando na porta. Era mamãe que voltava. Os dois gnomos pigmeus desapareceram num piscar de olhos. Mamãe perguntou se estava tudo bem e eu disse que sim, claro, por que não estaria? Ela ficou me olhando desconfiada, mas eu não contei nada do que tinha acontecido. As pessoas grandes às vezes têm dificuldade de entender certas coisas.

Eu ainda entrevia algo que poderia ser uma sujeira nas minhas lentes. Quando mamãe entrou no banheiro, aproveitei para verificar. Sabe o que era? Você não vai acreditar! Está bem, está bem, não precisa insistir tanto, eu vou contar. O danado do Greb deve ter perdido a bota quando Gus o puxou para tirá-lo do meio das lentes. Veja, está aqui na minha mão. Vou guardá-la dentro da minha caixinha de música, depois eu devolvo para ele.

Mamãe acaba de entrar no quarto com uma enferfreira e estão me chamando para tomar meu banho de gato, no meu caso de gata. Agora eu preciso ir. É obvio que ninguém sabe disso que eu contei, portanto trate de manter segredo. Confio em você, hein?

Anusha

23/3/02

Passei a tarde pesquisando na internet essa palavra curiosa que Anusha escreveu. Suponho, por dedução, que a palavra proferida por esses pequenos seres misteriosos tenha sido *"nosocomium"*, que significa hospital em latim. No caso, o nome que eles próprios se atribuíram poderia ser algo como *Gnomus nosocomium*, um nome científico da espécie. A palavra nosocômio também existe em português, definida no dicionário como "estabelecimento próprio para internação e tratamento de doentes ou de feridos".

No entanto, não consegui ir adiante na minha pesquisa. Nenhuma referência encontrada até agora. *Gnomus nosocomium*: isso não sai da minha cabeça.

Estou relendo o diário, página por página, cuidadosamente, tentando não perder nenhum detalhe. Tenho que fazê-lo dentro do museu, pois a dona Henedina não permite que ele saia "de jeito maneira!", como ela mesma diz. Cada vez que passa por mim ela teima em repetir o seu bordão: "Daqui nada sai, só entra!" Pouco me importa, desde que ela me permita ficar aqui. Eu preciso encontrar um jeito de ter esse diário comigo, não apenas em horário comercial.

Tadeu

São Paulo, 15 de outubro de 1931.

Querido Max,

Cá estou eu novamente com as novidades deste lado do espelho, quer dizer, do papel, enfim... não importa. A rotina daqui pode ser muuuuuuuuuuito chata, especialmente se seus lápis de cor estão com as pontas quebradas e sua mãe teve de sair para pagar umas contas. E quando não se tem um amigo como você, com quem se pode abrir o coração. Mas parece que os meus novos conhecidos G e G (Gus e Greb, caso você tenha se esquecido deles) estão decididos a me ajudar a espantar o tédio das tardes quentes de ultimamente. Sim, que bom que você perguntou!! Pensei que não ia perguntar mais! Eles apareceram de novo. E desta vez espontaneamente. Cada um deles plantado em cada lente do inventóculos;

os dois falando muito, com a voz estridente, e sempre ao mesmo tempo. No começo, me deixaram bastante tonta, cada um chamando a atenção de um dos meus olhos, e eu sem saber para onde olhar. Até que, depois de um longo pingue-pongue, perdi a paciência e gritei assim: "Calma, calma! Acalmem-se os dois e tratem de falar um de cada vez. Minha cabeça não é uma batedeira de bolo!" O quê? É verdade, Max, eu falei bem assim. Acho que minha bronca funcionou, pois eles começaram a falar devagar. Primeiro Greb, que estava aflito para me contar várias coisas. Ele reclamou que eu nunca ficava sozinha e isso dificultava muito a aparição deles. Afinal, estão proibidos pelos seus superiores de aparecer diante de qualquer pessoa, "sempre acaba dando problema". Isso tudo Greb me disse logo que Gus ficou quieto e fez um sinal para que o colega falasse primeiro.

Depois Gus me contou que os "nonôs" (esse foi o nome que eu dei a eles) existem há séculos, mas não são visíveis para ninguém e nunca – ou quase nunca, que pode significar quase sempre, no caso dos mais atrapalhados – deixam rastros. Obviamente ele não se incluiu na categoria dos atrapalhados, lançando apenas um olhar indicativo a Greb, que respondeu com um sinal das mãos como se não tivesse entendido a colocação do outro. É gozado como as mãos deles são enormes para o tamanho do corpo. E aí, como Gus continuou falando, Greb interrompeu-o, gritando: "Atrapalhado é você com suas meias!!!", o que me pareceu ser uma típica expressão de gnomos. Senti que precisava intervir e pedi a Greb que ficasse quieto, pois era a vez de seu amigo falar. Ele me disse que agora eles deviam prestar contas a mim e que estavam designados a me ajudar no que eu precisasse. "Por que isso agora?", eu perguntei, "Não entendo...", "Porque você nos viu", ele respondeu. "E quando um ser humano vê um gnomo sozinho ou fora de seu grupo, o gnomo em questão é obrigado a se remeter a ele, vira uma espécie de escravo, já que não ganha nada para isso", ele disse, ficando revoltado com o próprio discurso. "Portanto trate de ser generosa conosco!", disse, apontando o dedo bem para meu nariz.

E tem uma outra coisa que aposto que você também não sabe: os gnomos sentem as intenções das pessoas. Pelo cheiro! As pessoas para eles são sempre perfumadas ou fedidas. Mas há várias categorias de cheiro: cheiro de carinho, de medo, de curiosidade, de raiva, de hesitação, de vergonha, de amizade, de pena, e assim por diante. Eu perguntei a eles como era o meu cheiro e eles disseram apenas que era bom, sem entrar em detalhes. Concordaram que eu não oferecia perigo efetivo à espécie. "Que bom!", eu disse, "isso faz eu me sentir melhor." Depois vou querer saber mais detalhes sobre esse meu cheiro.

Ouvimos um barulho lá fora, e eles se apressaram em abandonar as lentes, tropeçando nas armações do inventóculos. Me lembrei do que tinham dito a respeito dos gnomos atrapalhados. Fiquei com vontade de rir, mas achei melhor ficar quieta. "Quando vocês voltam?", perguntei timidamente. "Voltar... botas... minhas botas...

hastes", disse Greb, ofegante. "Badaladas, badaladas!", completou Gus.

Eles são muito engraçados, esses novos amigos. Especialmente quando estão aflitos, o que, pelo que pude perceber, é praticamente o tempo todo. Estou bocejando. Acho melhor tentar dormir agora. Amanhã escrevo mais.

Boa noite, *dobra noc,*

Anusha.

24/3/02

Querida *Lala*,

Me vejo acreditando em cada palavra que você escreve como se fosse uma verdade absoluta. Mas às vezes me pergunto se isso tudo tem algum fundamento. E se tudo for apenas produto de sua imaginação?

Tadev e suas dúvidas

São Paulo, 16 de outubro de 1931.

Faz tanto tempo que papai está viajando que mal consigo me lembrar do rosto dele. Pedi que a mamãe trouxesse uma fotografia que vou deixar aqui na cabeceira. Quando sentir saudades, é só olhar para ela. Mamãe tem estado ocupada com Léo e com os afazeres da casa, ela não tem tido muito tempo para ficar comigo. Tia Rosa vem quase todos os dias, mas algumas vezes precisa ajudar o tio Valódia no trabalho. Acho que o tio Valódia gasta muito tempo lendo (e ele gosta de ler cada livro grosso que você nem imagina...), e aí não consegue atender os clientes na loja. Falei para você que ele sempre manda bilhetes para mim, quando não pode vir me visitar? Eu adoro os bilhetes dele. Vou colar todinhos aqui no meu diário para guardá-los de recordação. Hoje mesmo pedi para tia Rosa entregar um bilhete meu para ele, perguntando o que significa pigmeu. Tia Rosa diz que, depois que eu sair daqui, vou dar risada de tudo isso. Espero que ela esteja certa. Por enquanto, não tenho vontade alguma de rir. Muito pelo contrário. Só sinto vontade de chorar. Desculpe, Max. Não pude evitar que uma lágrima caísse sobre o papel e borrasse a tinta. Vou parar por aqui antes que faça mais algum desastre.

Até qualquer hora,

Anuska

25/3/02

Querida *Lala*,

A cho que posso entender bem como você se sente. É até um pecado me comparar a você, com toda a saúde que eu tenho. Certamente a sua situação é bem mais extrema. Mas há dias em que também me sinto só e abandonado. Sei que não é culpa de ninguém, estou aqui por opção. Às vezes me sinto preso à minha rotina e me pergunto: afinal, o que eu quero? O QUE EU QUERO? É frustrante não ser capaz de responder. Seria eu capaz de abandonar tudo por um sonho, na esperança de que ele se torne realidade?

Tadev

São Paulo, 17 de outubro de 1931.

Querido Max,

Hoje tive um pouco de febre. Está chovendo muito lá fora. Ao meio-dia, estava tão escuro que parecia estar anoitecendo. Detesto quando o tempo fica assim, feio. Me faz ficar triste. A melhor coisa do dia foi a visita (como sempre inesperada) de meus amigos nonôs. Eles são realmente muito engraçados. A cada dia inventam novas malandragens. Para variar, Gus e Greb me pegaram de surpresa. A Irmã Sorriso tinha acabado de entrar no quarto com o carrinho de medicamentos e queria medir a minha febre. Começou a remexer nas suas caixinhas à procura do "febricida" que ela insiste em chamar de termômetro, mas não o encontrava de jeito nenhum. "Estava aqui agora mesmo!", ela disse. "Fui eu mesma que guardei." Quando ela se abaixou para procurar na prateleira de baixo, eu vi saírem de uma caixa de ataduras, todos sorridentes, ninguém mais, ninguém menos, que meus amigos G e G. Quase dei um grito, mas eles fizeram sinal com a mão para eu ficar em silêncio, e eu entendi que aquele ia ser o nosso segredo. Quando a Irmã Sorriso se levantou, eles se esconderam rapidamente de volta na caixa de onde tinham saído.

"Vou buscar outro termômetro", ela disse. "Volto já, já." E saiu do quarto. Os nonôs imediatamente apareceram. "Por que vocês estão rindo tanto?", perguntei, vendo que os dois estavam até curvados de tanto rir. Gus afastou um pequeno frasco de álcool, revelando o febricida que a enferfreira tanto procurara. "Estava o tempo todo aí!", Greb exclamou. "E isso é motivo para tanto riso?", perguntei. Gus já tinha até sentado na prateleira. "Ela não enxerga um palmo à frente do nariz!", disse ele. Pelo jeito deles, sempre fazem esse tipo de brincadeira, de ficar escondendo as coisas, e se divertem vendo as pessoas procurarem. Achei maldade da parte deles. "Vocês não deviam fazer isso", eu disse, num impulso. "É só uma brincadeira", respondeu Greb. Ouvimos os passos da Irmã Sorriso no corredor, se aproximando do quarto. "Veja só", disse Gus, fazendo força para erguer o febricida, que era maior do que ele, e deixá-lo bem à vista ao lado do pote de algodão. Em seguida se esconderam dizendo até logo e eu fiquei só esperando a enferfreira voltar. "Não encontrei outro", ela disse, "deve estar sendo usado. Terei que voltar mais tarde..." Ela nem teve tempo de terminar a frase e avistou o febricida lá onde Gus o tinha deixado. "Mas... ué... como é que eu não o vi antes? Devia estar o tempo todo aí...", ela disse, com um sorriso sem graça estampado no rosto. Aí eu não aguentei e também comecei a rir. Não é que essa brincadeira deles era engraçada? No fim das contas, não causaram nenhum mal, pois o febricida logo apareceu de volta e a Irmã Sorriso pôde medir a minha febre, que de fato estava um pouco alta, mas não muito. Os nonôs dizem que estão aqui para ajudar. Mas estou chegando à conclusão de que eles primeiro atrapalham um pouco as pessoas, criando as condições para eles mesmos ajudarem-nas depois. Parece não ter nexo (pelo menos para mim), mas eu acho que eles têm uma lógica própria que eu ainda não entendo. Tudo isso é tão estranho e tão novo que me dá vontade de saber cada vez mais sobre eles. Descobrir tudo sobre esses pequenos seres malucos que apareceram de repente, dizendo que sempre estiveram aqui. Minha cabeça está dando um nó. Quem sabe um dia eu entendo...

No final da tarde, tive uma grata surpresa: recebi o primeiro telegrama da minha vida! Estava endereçado assim:

À Santa Casa de Misericórdia de São Paulo,
Bairro de Santa Cecília – São Paulo – SP
Att. Senhorita Ana Rendel – Ala norte /
enfermaria infantil

E dizia:

SIGNIFICADO PALAVRA PIGMEU INDIVÍDUO ESTATURA DIMINUTA VG MUITO PEQUENO VG MINÚSCULO PT SAUDAÇÕES VALÓDIA

Era a resposta do tio Valódia para a minha pergunta de ontem! Não foi uma ideia genial? A Irmã Polegarzinha, que leu todo o conteúdo da mensagem para mim, precisou me explicar que o telegrama é cobrado pelo número de palavras e por isso as pessoas escrevem desse jeito esquisito, economizando artigos, conjunções e preposições. Quando acham que é muito importante pontuar a frase para que o outro entenda, aí usam a VG (vírgula) e o PT (ponto).
Sempre sua,

Anusha

26/3/02

Lala,

Parece que os gnomos são muito brincalhões. Deve ser a natureza deles. Escondem coisas e se divertem à custa da falta de sensibilidade dos seres humanos. Os nonôs, como você gosta de chamá-los, conseguem acompanhar os movimentos e olhares das pessoas passando despercebidos, com alívio e espanto, achando graça no fato de que elas não enxergam literalmente "um palmo à frente do nariz". Me parece que o desafio, para eles, é estar o mais próximo possível das pessoas (para poder observá-las) sem que elas percebam. A sorte, para eles, é que, no fundo, a sensibilidade dos homens é muito grosseira, e o nosso campo de percepção é extremamente limitado.

Por que eles estão se mostrando desta maneira para você? De certa forma são obrigados, já que você os flagrou. Sua sensibilidade obriga que eles apareçam? Ao mesmo tempo parece que querem lhe dizer alguma coisa, e consequentemente a mim, revelando segredos sobre si e sobre seu povo, se é que posso falar assim. *Lala*, você tem razão ao dizer que os nonôs têm uma lógica própria. Queria poder explicar, mas eu também não entendo. Tenho confiança de que juntos vamos desvendar esse mistério.

Tadev

São Paulo, 18 de outubro de 1931.

Querido Max,

Hoje é seu aniversário de um mês. Precisamos comemorar! Infelizmente isso também quer dizer que já passa de um mês que estou aqui. O Doutor Senhorita diz que eu estou melhorando aos pouquinhos e que logo ficarei boa. Mas eu não vejo melhora nenhuma. Continuo sem poder sair do *dormidor* e enxergo mal para chuchu. Ainda bem que a Irmã Polegarzinha está lendo as *Reinações de Narizinho* para mim e para o Valentão. Ele só gosta do Pedrinho, que caça onça e prende o saci, mas eu gosto da Emília e também do Visconde de Sabugosa, que é tão sabido para um sabugo de milho! O tio Valódia é assim sabido como o Visconde. Sabe de todas as coisas, leu todos os livros. Se você quiser saber alguma coisa – qualquer coisa sobre qualquer assunto –, pode perguntar para ele que eu tenho certeza que ele vai saber responder. Ele já me explicou como os carros funcionam e como as luzes acendem. Fala palavras difíceis que ninguém entende. Outro dia estávamos no parque e o Léo não parava de correr de lá para cá. O tio Valódia virou-se para a tia Rosa e disse: "Esse menino é um azougue!" Todos nós começamos a rir. Eu confesso que pensei que ele estivesse ofendendo o Leozinho. Mas aí ele explicou que azougue é uma pessoa muito ativa, enérgica e inquieta. Nesse caso, o Léo é um azougue de verdade. Depois o tio Valódia convidou todas as crianças da família para um "convescote". Você não sabe o que significa? Eu também não sabia, mas agora já sei. É o mesmo que piquenique, uma refeição feita no parque, no campo, na praia... Agora você já sabe: se alguém o convidar para um convescote, pode aceitar! Por aí você já pode imaginar um pouco como fala o tio Valódia. Ele realmente é um homem muito inteligente.

Ei! Espere aí! Gus e Greb estão aqui. Vou ver o que eles querem e depois volto a escrever.

PT SAUDAÇÕES
Anusha

27/3/02

Lala,

Você inventa nomes para tudo e para todos o tempo todo. Por que não poderia ter inventado essas histórias também? Nesse caso estaria me mobilizando por nada...
    Sabe que eu gosto muito do Raul, já falei isso para você. Já te falei que quando eu cheguei por aqui tinha até pensado em ir procurar o seu fã-clube? Acho que já falei, deixa para lá. Mas o que eu queria lhe dizer é que ontem saí daqui e passei na lan house antes de ir para casa. Estava navegando na internet e acabei chegando ao site oficial do Raul, onde encontrei a biografia dele. Logo no início tinha uma frase, uma declaração dele que me fez imediatamente pensar em você. Ele falava sobre sua infância:

"Eu estava muito preocupado com a filosofia sem o saber (isto é, eu não sabia que era filosofia aquilo que eu pensava). Tinha mania de pensar que eu era maluco e ninguém queria me dizer. Gostava de ficar sozinho. Pensando. Horas e horas. Meu mundo interior é, e sempre foi, muito

rico e intenso. Por isso o mundo exterior naquela época não me interessava muito."

Pensando bem, serviria para mim também, mas para você é perfeito! Você precisava ter conhecido essa figura.

Tadeu

São Paulo, 19 de outubro de 1931.

Querido Max,

Desculpe-me a interrupção brusca da nossa conversa, mas é que os nonôs não têm muita paciência para esperar. Se eu demoro muito, eles são capazes de ir embora. Eu nem tinha me dado conta, mas naquele momento haviam soado as badaladas das onze horas da manhã. Diante da minha surpresa, Greb foi logo dizendo: "Eu falei para você! Você precisa prestar mais atenção nas nossas conversas!" E Gus completou: "Badaladas! Badaladas!" Senti que eles queriam dizer alguma coisa com isso, como se o nosso encontro estivesse combinado. Mas para mim não pareceu nada evidente, muito pelo contrário. Eu falei isso para eles, mas os dois desconversaram.

Depois que se acalmaram, Gus disse: "Você está precisando de alguma coisa?" Eu me dei conta de que estava com sede e então disse: "Um copo de água."

Imediatamente Gus virou uma cambalhota e saiu saltitando para fora do dormidor. Greb ficou olhando atentamente para você, mas eu já tinha te fechado com a chavezinha. "O que é isso?", ele perguntou. "É meu diário", respondi. "O que você faz com ele?", continuou o nonô. "Bem, eu escrevo meus pensamentos", disse eu. Ele se mostrou interessado. "Posso ver?", pediu. "Claro que não!", eu exclamei. "Os diários são pessoais e ninguém pode ver. É o meu segredo que está guardado aí", afinal era mais ou menos isso que a tia Rosa havia me ensinado sobre os diários. Greb não se convenceu, pois ele é muito curioso e enxerido. Ficou tentando espiar por entre as folhas, mas eu o empurrei com o dedo. "Saia já daí!", eu mandei. "Já disse que isso não é para você. Eu só mostro para quem eu quiser e quando eu quiser." Greb ia responder alguma coisa quando a Dona Delícia entrou no quarto. "A menina Ana quer um pouquinho de água? Está tão quente hoje... A água geladinha está uma delícia!" Eu agradeci e tomei logo a água. Fiquei pensando que ela pareceu ter adivinhado que eu estava com sede e trouxe a água para mim bem naquela hora. Só então reparei que a mosquinha que estava pousada no ombro dela era na verdade Gus, morrendo de rir, com a mão na frente da boca. Ele deu um salto-mortal, pulando bem alto e veio cair direto na lente direita do inventóculos. De repente, eu entendi tudo.

"Então foi você, Gus?", perguntei. "Claro, você não pediu um copo de água? Fui arranjar um para você. Você

não queria que eu viesse carregando o copo, queria? Ele tem quarenta vezes o meu tamanho! Só me faltava essa!"
"Quarenta vezes?", Greb pareceu não concordar e ficou contando nos dedos das mãos. Eu não conseguia imaginar como é que Gus tinha avisado para Dona Delícia que eu queria água, se ela não enxerga os nonôs. "Há muitas coisas que você precisa aprender sobre GNs." "GNs? Que diabo é isso?" "Diabo não!", Gus exclamou, ofendido. "Somos nós: *Gnomus nosocomium*", reafirmou Greb. Cada vez eles vinham com uma novidade. Agora são GNs, tudo bem.

Mas a nossa conversa continuou. Me explicaram que eles, os nonôs, têm bom coração por natureza e não medem esforços para ajudar. Assim aprenderam com os anciãos, que por sua vez aprenderam com os anciãos mais velhos ainda, e assim por diante. Quando não estão registrando dados para sua pesquisa (que prometeram me detalhar algum dia) e nem comendo – porque eles são extremamente gulosos –, ocupam seu tempo levando recados dos pacientes, avisando as enferfreiras, os funcionários e os doutores do hospital quando alguém está precisando de alguma coisa, está com alguma dor, com fome, com sede ou simplesmente se sentindo só e querendo companhia. Evidentemente este é um trabalho que se dá no invisível. Quer dizer que, tirando eu, ninguém aqui enxerga os nonôs. Mas Gus me garantiu que eles dão um jeito de chegar bem perto do ouvido, quase entram dentro da orelha da pessoa, e sussurram aquilo que ela está precisando ouvir. A pessoa acha que pensou aquilo sozinha. Acha que teve uma ideia. E que teve a ideia sozinha.

Vou dar um exemplo para você entender melhor. Foi exatamente a demonstração que Gus e Greb fizeram para mim, para me convencer de que estavam falando a verdade.

"Peça alguma coisa", disse Gus. "Nós vamos providenciar para você!" "Qualquer coisa?", eu perguntei. "O que você quiser", disse Greb. Depois de pensar um pouco, fiz o meu pedido: "Quero que a Madre Chapeleira traga o almoço para mim." Greb disse assim: "Saiba que normalmente não perdemos tempo com caprichos desse tipo, tentamos nos concentrar nos pedidos mais importantes. Isso é para você não ter dúvida de que estamos falando a verdade."

Greb ainda continuava contando nos dedos. Gus puxou-o pela mão e os dois saíram do quarto feito um furacão. Passaram-se cinco, dez minutos. Mamãe entrou no quarto e saiu de novo porque tinha esquecido não sei o quê na recepção. Eu já estava desistindo de esperar quando a porta se abriu. A Madre Chapeleira entrou, e eu logo reconheci Greb e Gus pendurados um de cada lado do seu chapéu. Mal pude acreditar. Ela vinha empurrando o carrinho do almoço. Isso nunca tinha acontecido antes.

"O que aconteceu com a Dona Delícia, quer dizer, dona Dalva?", eu perguntei, meio sem querer. "A menina não está feliz em me ver?", perguntou a Madre Chapeleira. "Claro que estou", eu disse, "é que não esperava a sua visita agora." No fundo eu não tinha acreditado completamente nos nonôs. "Por que a senhora veio trazer o meu almoço hoje?" "Sabe", ela disse, "eu estava lá na minha sala e de repente pensei em você. Me dei conta de que havia vários dias que não passava por aqui para visitá-la. Como estava mesmo na hora de fazer uma pausa no trabalho, resolvi descer. Quando passava pelo corredor, encontrei a Dalva, que tinha acabado de derrubar as bandejas da outra enfermaria no chão. Ela estava toda atrapalhada, tentando limpar o piso, e preocupada em não atrasar o almoço dos outros pacientes. Eu a tranquilizei, dizendo que eu mesma traria o almoço para você, já que estava mesmo vindo para cá. É um serviço a menos para ela!"

Eu olhei para Greb, desconfiada. "O que você está olhando, querida?", perguntou a Chapeleira. "Gostou do meu chapéu?" Eu fiquei meio sem jeito. Como é que eu ia explicar que estava olhando um nonô? Depois descobri que os nonôs adoram o chapéu da Madre Chapeleira, porque tem umas abas arredondadas onde eles podem escorregar. Resolvi então verificar o que tinha de sobremesa. Preciso dizer? Pudim de chocolate. Será que eles adivinharam que era justamente essa a sobremesa que eu tinha pedido em segredo? A Madre Chapeleira foi logo embora, pois ela é uma senhora muito ocupada. Gus e Greb saltaram do chapéu para o pé do dormidor.

"Foram vocês que derrubaram as bandejas da Dona Delícia, não foram?", perguntei. "Agora você acredita na gente", disse Gus. Ouvimos alguém mexer na maçaneta da porta. Era a mamãe voltando. "Hora do almoço!", exclamou Gus, "debandar!" Greb finalmente parou de contar nos dedos de repente e gritou: "Oitenta e nove vezes!" Os dois sumiram num piscar de olhos.

Do widzenia,

Anusha

P.S.: O pudim de chocolate estava delicioso! Tia Rosa esteve aqui ontem e me ensinou a usar o P.S. É assim: se você terminou o texto, assinou, e só então se lembrou de que ficou faltando alguma coisa, aí você usa o P.S. Pode ser uma observação que não tenha nada a ver com o resto das coisas que você escreveu. Eu estava louca para usá-lo, e eis aí!

28/3/02

Querida *Lala*,

E stou muito encucado com essa solicitude dos GNs, essa atitude de ajudar as pessoas. Como se eles tivessem uma missão, algo que dá sentido às suas vidas. Eles estão aqui para isso e têm consciência de suas obrigações.

Ao mesmo tempo, pelo que percebo, o humor é parte essencial do temperamento deles. Acham engraçado o fato de poderem, num certo sentido, "manipular" as pessoas sem que elas se deem conta de sua presença. Levar alguém a fazer alguma coisa sem que a pessoa saiba ao certo porque está fazendo aquilo. No fundo, isso me traz de volta à questão que me tocou logo de início no diário: até que ponto decidimos as coisas que fazemos? Talvez o que chamamos de "instinto" ou "pressentimento" nada mais seja do que um pequeno gnomo sussurrando coisas no nosso ouvido. Será que você conhece a história do Pinóquio? Lembra-se do Grilo Falante que era a "consciência" do menino de madeira? Será que os nonôs, numa certa medida, desempenham esse mesmo papel?

Do widzenia,

Tadev

São Paulo, 22 de outubro de 1931.

Bom dia, Max! Que lindo dia!

Estou me sentindo ótima hoje. Talvez o Doutor Senhorita tenha razão e eu esteja mesmo melhorando. O Doutor Mágico passou e disse que não preciso mais tomar aquele remédio de gosto ruim três vezes ao dia. Que alívio! Meus amigos nonôs têm me visitado bastante. Agora eles não esperam mais que eu esteja sozinha.

Aparecem no meio do dia, no meio das pessoas, sem nenhum pudor. Basta soar uma badalada e pronto: eles já estão aqui, pendurados nas minhas lentes. É interessante como eles gostam de viver perigosamente. Sabe o que Greb me disse quando falei que ele estava se arriscando muito? "Sem risco, a vida não tem graça!"

    Perguntei se todos os GNs eram assim. Ele coçou a barbicha, como se estivesse refletindo. "Os mais velhos ensinam os mais jovens, que ensinam os mais jovens ainda, de geração em geração..." Eu não tinha pensado nisso ainda. Eles têm suas famílias pequenas como nós, pais, mães, irmãos... Mas todas as famílias pequenas formam uma grande família que perpetua seus conhecimentos. Descobri que existem centenas deles, talvez milhares. Muitos moram num grande depósito, que é chamado de arquivo histórico da Santa Casa. É para lá que mandam todas as coisas velhas, todas as coisas que ninguém sabe para onde mandar. É um lugar cheio de objetos empoeirados, pilhas de livros, montes de cantinhos aconchegantes que eles adoram. Gus me disse que é também um lugar muito sossegado. Quase ninguém vai lá. Quando eu puder sair do dormidor, nem que seja numa cadeira rolante como o Valentão ou o Ciclista, esse vai ser o primeiro lugar que vou querer visitar.

    Hoje G e G ficaram me fazendo companhia enquanto a Irmã Olho de Sapo veio me examinar. Ficaram o tempo todo plantados no inventóculos. Eu quase nem me mexia, com medo de deixá-los cair. A Irmã Olho de Sapo ficou um tempão conversando com mamãe e papai, que estavam aqui. Eu lhe contei que papai voltou? Estou tão contente! Ele me deu um "enfeitaço" lindo de presente, que eu já estou usando. Enfeitaço é como eu chamo as pulseiras, que são enfeites de braço. Mas o que eu queria dizer é que Greb ficou reclamando na minha orelha. Aliás, ele gosta muito de reclamar. Dizia que não entende os humanos, que a nossa fala é muito confusa e que não combina com o que nossos olhos dizem. "Como assim?", eu perguntei. "Os olhos não mentem", respondeu ele. "Veja a Irmã Olho de Sapo, por exemplo. Ela está sendo educada e quer fazer parecer à sua mãe que está preocupada com você e com os outros pacientes. Mas o seu olhar exala egoísmo puro."

Em seguida, Gus tomou a palavra: "Não quer dizer que ela seja sempre assim. Mas, neste momento, seus olhos estão voltados para dentro."

Pelo que eu pude entender, quando não estão conversando comigo, eles ficam observando os olhos das pessoas. Existem vários tipos de olhar. Eles disseram que tem um olhar capaz de transmitir o que há de mais profundo, mais íntimo na pessoa. Eles acham que a nossa fala é confusa, mas às vezes eu é que tenho dificuldade em entender o que eles dizem.

Eles gostam de estar bem pertinho das pessoas, o mais perto possível, sem ser descobertos. Gostam de sentir aquele friozinho na barriga, típico das situações de perigo. Sabe quem são para eles os seres mais assustadores? O pessoal da limpeza. Quando me disseram, tive vontade de rir. Eles se borram de medo da Ana Maria Corre-Cotia e da Tartaruga. Pode? Acham que os produtos de limpeza podem intoxicá-los. Me contaram o caso de um minignomo que se afogou no álcool. As vassouras e os rodos, preparados para chegar a qualquer canto, são para eles uma ameaça constante. Acham que foram feitos para persegui-los. Sem falar na coleta de lixo, que gera uma tensão permanente. Gus teve um amigo que foi ensacado com o lixo e levado por um caminhão. Nunca mais ouviram falar do pobrezinho. Mas, embora contem essas histórias que para eles são horripilantes, os nonôs não se abalam. Pois eles vivem em função dos desafios. Além disso, o olhar das faxineiras nunca expressou uma intenção de castigo ou de maldade, o que os deixa também um pouco confusos. Greb me confessou não abrir mão dos carrinhos de limpeza, que são o meio de transporte preferido dos nonôs para os passeios. São cheios de objetos e compartimentos e passam por vários lugares até chegarem ao lixo.

Acho que já escrevi muito por hoje. Encerro aqui mais este capítulo da saga dos nonôs. É assim que tio Valódia fala dos imigrantes. Ele gosta de falar da "saga dos imigrantes". Saga é como uma história, uma narrativa cheia de incidentes interessantes. No meu caso, me refiro à saga dos nonôs. Estou certa de que eles ainda têm muito que contar.

Dobra noc, querido Max,

Anusha

29/3/02

Querida *Lala*,

Estou cada vez mais intrigado com o que você conta. Passo a tarde no museu, rodeado por esses objetos antigos que você descreve. Penso no meu pai quando olho para essas mesas de marchetaria, trabalhos lindos que ele certamente adoraria. Ele é marceneiro lá no Paraná. Vira e mexe faz trabalhos desse tipo. Não tão bonitos como esses, mas um dia o velho chega lá. Seria um lugar assim – ou talvez esse mesmo – a moradia dos GNs? Fico me perguntando se eles ainda estão aqui, agora, e fico desesperado para vê-los. Mas de nada adianta o desespero. Sei que devo me fiar no método do mestre Villares. Voltar, anotar e rever as informações.

Nos corredores, fico perseguindo os carrinhos da limpeza, imaginando que uma criaturinha minúscula vai sair pulando dali. Que tamanho terão esses benditos mamíferos? Tento ter sangue-frio, mas não tem sido fácil. Quero escrever para casa, mas não consigo. Pode parecer uma coisa banal, mas já perdi dois quilos no último mês. A comida da mãe faz uma falta tremenda.

Essa história está começando a atrapalhar meus estudos. Semana que vem, terei as primeiras provas e deveria estar me preparando agora. Mas é como se houvesse um ímã que me atrai para você. Uma atração incontrolável. Isso não pode ser bom. Em psiquiatria se usa o termo

TOC (transtorno obsessivo compulsivo). Será que é disso que se trata? Digo a mim mesmo: Tadeu, você deveria ser capaz de abandonar essa fantasia e voltar para a realidade! Cresça de uma vez por todas! Concentre-se no que realmente importa: na faculdade, na sua carreira, no seu futuro... pense na sua família, você tem que conseguir!

30/3/02

É mais forte do que eu. "Se não pode vencê-los, junte-se a eles", não é assim que se diz? Preciso registrar uns pensamentos que desde ontem não saem da minha cabeça. Quem sabe depois disso eles me dão sossego?

1. Os "nonôs", como você gosta de chamá-los, ou essa espécie misteriosa de gnomos pigmeus, nosocômios, ou seja lá o que for, são avessos ao contato humano. Mas se alguém conseguir estabelecer um laço de confiança poderá contar com seus favores.
2. Se um ser humano vê um nonô antes que este se dê conta de sua presença, então o nonô é obrigado a reconhecer a presença do homem e, eventualmente, lhe prestar favores. Porém, é extremamente raro que isso aconteça, pois os nonôs têm certo pavor de serem descobertos.
3. Andam sempre em grupos – é quase impossível encontrar um nonô sozinho. É uma forma de garantir a preservação e a integridade de sua espécie.

4. Ficam sempre atentos a qualquer aproximação humana e são capazes de reconhecer uma intenção negativa a distância, graças aos sentidos apurados que possuem: sentem nosso cheiro de longe. E dizem que nós exalamos odores diferenciados em função de nossos sentimentos e de nossas intenções. Portanto reconhecem situações em que a presença humana oferece algum perigo.
5. O seu prazer é estar no limite do perigo, desafiar a si mesmo e se expor. Correr riscos todos os dias e todas as horas. A maior realização para um desses gnomos é escapar por um triz de ser visto e descoberto. Eles se divertem com isso. E se autoafirmam também. É uma necessidade constante para eles, que são extremamente inseguros. Aliás, é algo que temos em comum.

Continuo pensando neles,

Tadeu

São Paulo, 24 *de outubro de* 1931.

Querido Max,

*H*oje passei o dia com preguiça. Chove muito lá fora, o dia todo esteve assim molhado. Não é sempre, mas às vezes eu gosto dos dias acinzentados. As cores ficam mais suaves. O Valentão não estava se sentindo muito bem e ficou o tempo todo lá no dormidor dele. Foi a Irmã Sorriso que me contou. Então achei melhor suspender a leitura das *Reinações de Narizinho*, para ele não perder um pedaço da história. Em compensação, a Helena esteve aqui e conversamos bastante. Acredita que ainda não consegui arrumar um apelido para ela? Isso está me deixando preocupada. Nunca me aconteceu antes. Por mais que eu pense nisso, nenhuma boa ideia aparece. Você não tem alguma sugestão, Max?

O Léo também veio com a mamãe, mas ele estava chatinho hoje. A Vilma e a Betina, que são as minhas melhores amigas lá no Grupo Escolar Marechal Deodoro, contaram para ele as novidades sobre a festa de formatura que dona Alzira, nossa professora, está organizando. Você sabe, estamos terminando o quarto ano. Depois disso, iremos para outra escola, só para as crianças grandes. Espero ficar boa logo para poder participar da festa. A dona Alzira queria mandar as lições para eu fazer aqui no hospital, mas mamãe explicou para ela que eu não estou enxergando muito bem. A tia Rosa disse para eu não me preocupar com isso agora, o importante é que eu me recupere e fique boa o mais rápido possível. Ela tem certeza de que eu vou retomar a matéria com presteza, afinal sempre fui a melhor aluna da classe.

Perguntei ao Doutor Mágico quando poderei me levantar do dormidor. Mas ele sempre responde a mesma coisa: "Mais uns dias, tudo depende..." Parece que aqui ninguém sabe quanto tempo leva para nada. Deviam ensinar melhor essas coisas na escola dos médicos. Queria que alguém me explicasse as coisas direito.

Gus e Greb estiveram aqui junto com Helena. Foi nas badaladas das três horas da tarde. Acabei de ter uma ideia! Vou pedir para eles me ajudarem a encontrar um apelido para ela. Afinal eles já a conhecem e podem contribuir com uma ideia gnominal. Gostei! Amanhã mesmo vou falar com eles.

Há algum tempo reparei que eles usam um cinturão largo, que parece ter umas coisas penduradas. Fiquei curiosa. Pedi para eles chegarem bem perto do inventóculos para que eu pudesse ver melhor do que se tratava. Eles carregam um monte de coisas nesse cinto. Cordas feitas de fios invisíveis, ferramentas que eles usam para abrir e consertar coisas, uma espécie de garra que eles amarram na ponta das cordas para se pendurar nas coisas, botas de reserva (pois eles frequentemente perdem as suas), meias de reserva (porque são muito friorentos, especialmente nos pés), pedaços de castanhas e frutas secas (que eles surrupiam dos quartos da maternidade, onde as pessoas sempre colocam essas coisas como sinal de bom augúrio), e várias outras coisinhas das quais eu mal saberia falar.

Vendo o meu espanto e a minha curiosidade, Gus disse assim: "Por que você está tão assombrada? Parece que nunca viu um cinturão da integridade!" "Cinturão da integridade?", eu repeti, para ter certeza do que tinha entendido. "Todo gnomo tem um desses", Greb completou. "Pelo menos todo micrognomo com mais de 191 luas."

Eu perguntei: "Por que 191 luas?" Eles não contam os anos e sim as luas. De modo que cada ano nosso equivale para eles a 13 luas. Cada lua é composta exatamente de 28 dias, ou seja, quatro semanas de sete dias. Deu para entender? É assim que eles contam a idade da pessoa, pelas luas. No meu caso, eu teria aproximadamente 121 luas, pois meu aniversário é só em janeiro. Já você, meu querido... deixe-me consultar... apenas uma lua e uma semana! Ainda é um bebê!

Eles me explicaram que, quando um gnomo pigmeu completa 191 luas (que pelas minhas contas equivale a aproximadamente 14 anos), ele passa por uma transformação. Os gnomos mais velhos (que eles chamam de anciãos) se reúnem e fazem uma grande festa onde todos ficam pulando, dançando, virando cambalhotas e comendo durante dois dias e duas noites inteiras. Depois da festa, fecham o gnomo que acabou de completar 191 luas numa caixinha que tem apenas uma pequena fresta para ele poder respirar. O nonô fica lá sem comida, dispondo apenas de um recipiente com água, durante três dias, sem poder ver ninguém. Enquanto está lá dentro, ele se transforma. Deixa de ser um gnomo criança e passa a ser responsável pela sua vida. Os espíritos dos gnomos velhinhos e sábios que já morreram conversam com ele, sopram nos seus ouvidos todos os segredos que ele precisa saber pelo resto da vida. O gnomo em questão fica tão exaurido ao final do terceiro dia que, quando os outros abrem a caixinha, ele geralmente está desmaiado. Então os mais velhos o retiram de lá, lhe dão um banho, lhe dão de comer e fazem uma nova festa, com muita dança e muita comida, como sempre. A essa altura, o gnominho já esqueceu grande parte do conhecimento que lhe foi ensinado enquanto esteve na caixinha. Mas alguma coisa permanece guardada numa pedrinha, que é uma espécie de talismã, que eles carregam pendurada no pescoço. Finalmente, nessa segunda festa, acontece a grande consagração. O jovem gnomo recebe do chefe dos GNs o cinturão da integridade, que permanecerá com ele para sempre. É um momento de grande alegria para todos. Gus e Greb se emocionaram muito ao me contarem tudo isso. Não tenho certeza, pois você sabe o quão minúsculos eles são, mas desconfio que Greb derramou uma lágrima. Será que os nonôs choram? Da próxima vez vou perguntar para eles.

O cinturão da integridade tem tudo o que um gnomo precisa para sobreviver durante cerca de uma semana. Este é o tempo de autonomia que ele tem. Depois disso precisa obrigatoriamente voltar à base, ou seja, voltar para junto de seus semelhantes para reabastecer o farnel. Esse é um dos motivos pelos quais os GNs permanecem tão unidos, eles dependem uns dos outros para sobreviver.

Estou aprendendo tantas coisas sobre eles! São tantas novidades que estou até me atrapalhando, pois não quero omitir de você nenhum detalhe. É gozado, porque eles têm pai e mãe como nós, mas não vivem só com a família pequena deles. É como se todos os GNs que habitam a Santa Casa formassem uma única e grande família. Os mais velhos cuidam dos mais novos, ensinam-lhes a sobreviver e são muito respeitados. No entanto, eles consideram os gnominhos nenês a coisa mais preciosa que existe. Acreditam que precisam estar perto deles e escutá-los para recobrar ou relembrar o conhecimento que um dia já tiveram. Cada vez que um gnomo minúsculo nasce é uma briga, porque todo mundo quer cuidar dele. Mas esta honra é dada aos mais velhos e mais sábios GNs.

Uma última coisa, antes de ir me deitar: no meio de toda esta conversa, eles me explicaram também que, quando estão fechados na caixinha, no aniversário de 191 luas, eles trocam de roupa pela primeira vez. "Que nojo!", eu pensei de cara. "Quatorze anos com a mesma roupa..." Aí eles me explicaram que a roupa deles é como se fosse o pelo de um animal ou uma segunda pele. A partir daí, de tempos em tempos, eles trocarão de pele, quer dizer, de roupa. Quando a roupa nova cresce, a velha cai. Eles não se preocupam em recolhê-la e a deixam largada por aí. Só que o interessante é o seguinte: a roupa é feita de um fio invisível que os homens não podem enxergar. Com raras exceções, como é o meu caso, por exemplo. De qualquer forma, no momento em que a pele-roupa cai, ela misteriosamente se torna visível aos olhos humanos. Mas é tão pequenininha que é quase impossível vê-la. No mais das vezes acaba indo para o lixo como poeira. Já não tem mais utilidade para ninguém.

Essas histórias dos G e G são fascinantes, você não acha, Max? Estou bocejando, já é bem tarde. Não queria parar de escrever, mas a tia Rosa está insistindo para apagar a luz. É ela quem vai dormir hoje aqui comigo. Ela fica me olhando fixamente, mas acho que é porque na verdade está curiosa para saber o que eu estou escrevendo aqui. Mas foi ela mesma que me ensinou que o diário a gente não mostra para ninguém! Max, você é o único que conhece todos os meus segredos.

Boa noite, *dobra noc*, e bons sonhos para nós todos.

Anusha

31/3/02

Querida *Lala*,

Eu concordo com você: as histórias são realmente fascinantes! Mas o que mais me chamou a atenção nessa última anotação e que eu não tinha me dado conta ao longo da minha primeira leitura é essa questão das roupas deles. O doutor Villares tem toda a razão, voltar, voltar sempre! Obrigado, professor! Qualquer hora, vou te agradecer pessoalmente...

Agora, pense comigo. Não sabemos com que frequência eles trocam de roupa – ou de pele, para todos os efeitos, tanto faz. Porém, se eles deixam a roupa velha caída por aí, é possível que exista alguma espalhada pelo chão. Se eu conseguisse encontrar uma, essa seria a prova definitiva da existência dos GNs. Não sei se há muitas por aí, se há poucas, nem bem onde elas poderiam estar. Mas tenho algumas indicações: carrinhos de limpeza é o transporte preferido desses pequenos seres, e a moradia deles é um depósito de coisas antigas, que poderia perfeitamente ser o próprio museu onde agora me encontro. Por outro lado, essas informações são datadas de setenta anos atrás. Seria ingenuidade da minha parte acreditar que elas continuam válidas. Ou seja, será que os GNs continuam por aqui? E mais ainda, se estiverem aqui, será que seus hábitos e suas organizações continuam os mesmos?

Eu sei que não há como saber. Pode parecer uma busca fantasiosa. Mas eu sinto que preciso começar por algum lugar. Está na hora de partir às vias de fato. De pôr à prova todas essas descobertas. Não que eu queira provar ou demonstrar nada a ninguém. Mas preciso tirar isso a limpo, pela minha sobrevivência, pela minha sanidade.

Também sei que preciso encontrar uma forma de efetuar essa busca sem chamar a atenção do pessoal do hospital, pois a segurança aqui é extremamente rigorosa. Talvez eu deva agir com calma, sem pressa, buscando nos dias mais cinzentos a minha inspiração. Acredito que a persistência é uma qualidade muito importante. Minha mãe costuma dizer: "Devagar e sempre, devagar e sempre." É melhor do que pôr tudo a perder num arroubo. Todos os indícios me levam a crer que se eu insistir e não desistir, apesar de todas as dificuldades, chegarei a algum lugar. Não me pergunte onde, pois não saberei responder. Mas não ficarei sossegado enquanto não levar isso até o fim.

Tenho tentado afastar meus pensamentos do diário e dos GNs, mas não consigo evitar. É como uma doença contagiosa, que me contamina por dentro. Contamina meus pensamentos, meus sonhos até.

Do widzenia,

Tadev

São Paulo, 25 de outubro de 1931.

Meu querido amigo Max,

Hoje de manhã, depois do café (teve bolo de fubá fresquinho, hummmm...), tia Rosa não conseguiu mais esconder sua enorme curiosidade e me pediu para mostrar você a ela. Você estava sobre a mesa de cabeceira. Eu não me lembrava de tê-lo trancado ontem à noite. De repente fiquei aflita achando que qualquer pessoa poderia ter entrado no quarto e lido uma página do livro dos meus segredos. Não consegui disfarçar minha preocupação. Peguei você o mais rápido que pude e o coloquei no meu colo enquanto esticava o braço para apanhar minha caixinha de música onde costumo guardar a sua chave. Depois de trancá-lo bem, ao recolocar a chave de volta no lugar, reparei na minúscula bota que Greb havia perdido na haste do inventóculos. Tinha me esquecido completamente dela! Vou guardá-la como uma lembrança dos nonôs. No início tinha pensado em devolvê-la, mas agora sei que os nonôs carregam botas de reserva no seu cinturão da integridade, portanto Greb não sentirá falta desta aqui.

"Me mostre só um pedacinho...", pediu tia Rosa. Eu me recusei e repeti o que ela mesma havia me ensinado. "O diário a gente não mostra para ninguém." Ela se rendeu diante da minha firmeza. Falou que estava orgulhosa de mim, que eu era uma menina decidida e determinada. Acho que ela fica contente de ver o bem que você está me fazendo.

Quando Gus e Greb chegaram hoje, a Dona Delícia ainda não tinha passado para retirar a bandeja do café da manhã. "Oba!!!", exclamou Gus. "Desjejum número três." Greb balançou a cabeça e disse: "Você é um guloso e não sabe mesmo contar." Greb começou a contar nos dedos daquele jeito que ele adora fazer. "Desjejum número três, sim, senhor", continuou Gus, antes de mergulhar na fatia de melão que eu não tinha comido. Depois de passar de uma mão à outra e em seguida voltar aos dedos da primeira, Greb disse finalmente: "Desjejum número 17, suponho que é o que você gostaria de dizer." Gus murmurou alguma coisa impossível de ouvir, lá de dentro do melão. Aparentemente ele estava entalado, e só víamos as duas perninhas com as botas coloridas para fora do pedaço de fruta. "O que me irrita nele é que as coisas que ele diz não têm compromisso algum com a realidade!", disse Greb, em tom de reclamação, para variar. "Quem disse que os GNs só gostam de frutas?

Por que ninguém é capaz de deixar um pedaço de bolo para um pobre gnomo faminto?"

"Então é isso", eu pensei comigo. "Você está ressentido porque quer um pedaço de bolo." "Ele já comeu 17 vezes hoje", disse Greb, acusando o amigo. "Por que você não come um pedaço de fruta também?", perguntei. "E me sujeitar a essa humilhação?", ele disse. "Ter que ser içado para não me afogar no sumo de um fruto da terra?" Greb gosta de ser dramático, já percebi isso. Acho que é um traço da personalidade dele. "Está bem", eu disse, lembrando-me dos bombons que Dona Cara de Cabrita, digo, dona Marianita, havia me dado há alguns dias. Tirei imediatamente um bombom da gaveta e o coloquei em cima da minha perna. "Esse é meu presente para você", eu disse. Greb ficou sem ação. Olhava para mim e para o bombom alternadamente. "Pode ir", eu falei, "é todo seu." Ele então começou a saltitar de alegria, dando cambalhotas no ar, até cair direto sobre o bombom e mergulhar nele de cabeça.

Gus continuava murmurando algo incompreensível. Demorei para me dar conta de que ele estava precisando de ajuda. Por sorte Ana Maria Corre-Cotia entrou no quarto e eu pedi que ela trouxesse a mesinha até mim. Ela perguntou se eu queria comer mais e eu respondi que não, pois estava muito satisfeita. Ela ficou me olhando com cara de espanto. "Para que a mesa, então?", ela perguntou. "É que preciso fazer uma coisa", eu disse, "agora não dá para explicar." "Rápido, por favor..."

Ela então trouxe a mesinha até mim. Apanhei minha escrevinhadora e, com o maior cuidado possível, mergulhei-a no melão para que Gus se pendurasse na sua pequena haste de metal. Felizmente consegui alçá-lo de dentro da fruta e trazê-lo para perto do chocolate. "Suculento, suculentíssimo, suculentésimo...", dizia ele, lambendo os lábios. "Quer um pedaço de chocolate?", perguntei. Mas ele nem pareceu escutar. Era visível como o bombom estava diminuindo pela ação de Greb. Depois de algum tempo, Greb se levantou, tirou a cara do chocolate e caiu estatelado no chão. "Doce, dulcíssimo, dulcésimo...", ele sussurrou. Mal conseguia falar, de tão saciado. Mas o êxtase deles não durou nem meio minuto. Logo estavam em pé, saltitantes como sempre.

"Vamos embora", disse Gus, "não quero perder o desjejum número quatro." "O quê?!?", exclamou Greb. "Você é muito cara de pau. Número 18, você deve querer dizer d-e-z-o-i-t-o!!!" "Cinco e não se fala mais nisso", propôs Gus. Greb enfiou a cabeça nas mãos. Os dois saíram discutindo e já estavam quase na ponta do dormidor quando Greb gritou com sua voz estridente: "Voltaremos com as 11 badaladas!"

É engraçado como os gnomos se parecem conosco em um monte de coisas. Eles comem a mesma comida que nós comemos, de certa forma. Eles veem as pessoas, mas as pessoas não podem vê-los. Usam nossos objetos para se locomover, para brincar, para morar.

Mas os homens não conseguem ver as coisas deles. É incrível, não é mesmo?

Agora tenho que ir. Daqui a pouco o Doutor Fuinha deve chegar, e eu quero perguntar para ele como é que se faz para os olhos da gente ficarem azuis. Tenho certeza de que ele deve saber um jeito.

Do widzenia,

Anusha

1/4/02

HOJE EU VI UM GNOMO!!!!!

Primeiro de abril... Nunca achei muita graça nessa história de dia da mentira. Quisera eu que minha afirmação fosse verdade. Comprei uma lupa e tenho tentado revistar cantinhos e lugares onde imagino que os GNs podem ter estado. Mas sempre aparece alguém e me olha com cara de "quem é esse louco?"; "que diabos ele está fazendo?". Então tenho que disfarçar e inventar uma desculpa qualquer para sair logo dali. Dona Henedina me pegou examinando o piso de uma das salas do museu. Eu disse que queria descobrir como o mosaico da cerâmica tinha sido feito, mas ela não pareceu se convencer. "Vá dar uma volta, rapaz, você precisa tomar um pouco de ar!", ela disse. "Não sei que tanto você vive enfurnado aqui nesse museu..."

"Enquanto você se esforça pra ser
um sujeito normal
e fazer tudo igual...

Eu do meu lado aprendo a ser louco,
maluco total
na loucura real...

Controlando a minha maluquez
Misturada com minha lucidez..."
Tadeuzito Pantera

São Paulo, 25 de outubro de 1931.
Anotação número 2

Querido Max,

Este é meu segundo apontamento de hoje. Já está quase na hora de dormir e senti vontade de lhe contar as novidades. Gus e Greb voltaram ao soar das 11 badaladas, conforme haviam prometido. Eu me lembrei logo de pedir a eles uma sugestão com relação ao apelido da Helena. Gus coçou a cabeça, Greb coçou a barbicha e os dois ficaram me olhando. "Ela já não tem um nome?", perguntou Gus. "Por que você quer mudar o nome dela?", disse Greb. Eu expliquei que gosto de escolher eu mesma o nome das coisas e das pessoas. Acho

muito mais divertido. "O que você acha de beija-flor?", perguntou Greb. "Que tal sabiá?", arriscou Gus. "Periquita?" "Pintassilga?" "Pomba?" "Canarinha?" "Por que vocês estão falando esse monte de nome de passarinho?", perguntei, "Não foi isso que eu pedi!"
Eles me contaram então uma coisa que eu ainda não sabia. Os gnomos pigmeus são muito amigos dos pássaros. Compreendem a língua dos pássaros e conversam com eles. Quando os nonôs precisam fazer uma viagem longa, eles pegam carona numa asa de passarinho. Em troca, eles trazem comida aos seus amigos alados e abrem todas as portas de gaiolas que encontram por aí. Porque a pior coisa que pode haver é um pássaro engaiolado. Assim, diante da minha solicitação, resolveram aproveitar para fazer uma homenagem a esses amigos que os ajudam tanto.

"Acontece que o nome, ou o apelido, tem que ter relação com a pessoa", eu disse, "não adianta ser uma palavra qualquer..." "Você não está falando daquela moça que esteve aqui ontem?", perguntou Greb. Eu respondi que sim. "Você olhou bem o nariz dela? Parece um biquinho de papagaio", ele continuou. "E a franja toda empinada?", completou Gus, "Parece uma coroa de penas!"

Sabe que só então eu me dei conta de que eles tinham razão? Acho que em alguma outra vida ela deve ter nascido pássaro, com toda a certeza. Além dessa semelhança física, ela canta e assobia muito bem.

"Está certo", eu disse, "tenho que concordar com vocês." Eles pularam e bateram palmas, festejando a vitória. Mas eu não tinha gostado dos nomes que eles haviam sugerido. "Tenho um pássaro perfeito para ela", disse Gus. "Qual é?", perguntei curiosa. "Curió", ele revelou. "Muito masculino", disse eu. "Sanhaço", sugeriu Greb. "Muito feio." "Arara." "Muito barulhenta." "Pichochó." "Muito caipira."

Eles já estavam começando a ficar de mau humor. "Nunca vi uma menina tão difícil de agradar", reclamou Greb. "Espero que da próxima vez me torne servidor de alguém mais modesto." "Os incomodados que se mudem", falei olhando bem na cara dele. Greb mordeu os lábios e quase engoliu a própria barba, de tanta raiva. Mas nós dois sabemos que ele está ligado a mim e não poderia me abandonar, mesmo se quisesse.

Gus resolveu intervir, numa atitude muito ponderada, coisa rara em se tratando dele. Disse de repente: "Patativa." Eu pensei um pouco e não encontrei nenhum empecilho. Patativa. Soa bem. É feminino, engraçado. A patativa tem o canto triste. "Combina com Helena", eu disse. "Patativa: está decidido."

Depois de toda essa discussão, ficamos jogando conversa fora. "É por essas e outras que a gente deve se esconder sempre", falou Gus. "Os homens querem a nossa ajuda, mas não querem nos dar nada em troca." "É verdade", concordou Greb, "se ao menos eles soubessem que já os ajudamos, mesmo que não seja na direção que eles esperam..." Eu não entendi muito bem o que ele quis dizer com isso.

Greb me olhou e eu senti carinho da parte dele, pela primeira vez. "Você é diferente", ele disse. "Obrigado!" E em seguida baixou a cabeça, parecendo meio envergonhado. Puxou Gus pela mão e os dois saíram saltitando para fora do dormidor. E eu fiquei sem entender, diante de suas manifestações tão discrepantes. (Gostou da palavra? Foi o tio Valódia que me ensinou. Discrepante significa destoante, diferente, algo que se destaca pela diferença.) É uma palavra tão crepitante (crepitante quer dizer que estala, como o fogo ou a brasa)! Eu adorei logo de cara, mas ainda não tinha conseguido usá-la, até agora! Hoje foi a sua estreia.

Amanhã tem mais,

Anusha

2/9/02

Acho extraordinária a forma parcial como os GNs compartilham o mundo com os homens. Por exemplo, com relação à comida, como você descreveu, Lala. E também aos nossos objetos materiais aos quais eles dão uma utilização particular. Mas o mundo dos GNs se constitui também de substâncias que os homens não podem ver. Seus corpos, suas roupas e objetos pessoais são constituídos desta outra matéria invisível que é para nós desconhecida. Tenho a impressão de que são dois mundos coexistindo num mesmo tempo/espaço.

Sempre com você,

Tadeu

São Paulo, 26 de outubro de 1931.

Tem dias em que é difícil suportar essa porcaria toda. Você não tem ideia de como se sente uma pessoa sem poder se mexer e se locomover durante meses. Eu falei isso para Gus e Greb quando eles apareceram hoje, mas eles não ficaram muito impressionados, o que me deixou ainda com mais raiva. "Vocês estão aqui para me ajudar, ora essa!", eu disse. Eles ficaram me olhando com aqueles quatro olhinhos arregalados. "E ajudar inclui consolar, se for preciso." Eles chegaram mais perto. "Pode falar", disse Gus, "nós estamos aqui para ouvi-la." "O Doutor Mágico é um grande mentiroso", eu disse. "Por que você está dizendo isso agora?", perguntou Greb. "Ele disse que eu teria que ficar aqui apenas por um mês, e vocês sabem tão bem quanto eu que já faz bem mais tempo que isso." Gus começou a rir e logo levou uma cotovelada indiscreta de Greb, que tentava fazê-lo ficar quieto. "O que foi?", perguntei. "Qual é a graça?" "A graça é sua ingenuidade", disse Gus, "eu estava aqui quando essa conversa se passou, era evidente que os olhos dele diziam outra coisa na ocasião." "Por que você não me avisou?", perguntei. "Você acreditaria em nós?", perguntou Greb. Pensando bem, na ocasião penso que não teria mesmo acreditado neles. Ou talvez quisesse acreditar noutra coisa. Mas isso não justifica a mentirada do doutor. Desgraçado! Depois me vem com aqueles presentinhos idiotas, como se quisesse me comprar... Espero que aquele infame não me apareça por aqui hoje, pois, se vier, vai ouvir poucas e boas de minha parte. E tenho dito!

Do widzenia, até um dia melhor,

Anusha

3/9/02

Lala querida,

Como se diz por aí, dias melhores virão. Tento me colocar no seu lugar, sentir o que você sente. Tudo o que você conta me parece cada vez mais interessante. Quando escrevo para você me sinto criança de novo, como se tivéssemos a mesma idade. Continuo malsucedido em minhas buscas por vestígios dos GNs. Me sinto um garoto brincando de explorador, procurando rastros de uma civilização perdida. Ando pelos corredores do hospital à espreita dos carrinhos de limpeza ou daqueles que levam a comida, pois sei como os gnomos são gulosos. Se vejo um carrinho que foi deixado sozinho, sem nenhuma pessoa em volta, rapidamente me aproximo e tento, com a ajuda da minha lente de aumento, discernir algum sinal deixado por eles. E por mais absurdo que possa parecer, sei que tem alguma coisa muito verdadeira aí no meio. Você não faz ideia de como é difícil. Se ao menos eu tivesse o seu inventóculos... Os objetos estão sempre bagunçados e preciso tomar o maior cuidado para não tirar nada do lugar. Se ergo alguma coisa, presto muita atenção para colocá-la de volta exatamente no mesmo lugar. Não posso correr o risco de ser descoberto. O coração bate a mil por hora, só falta saltar pela boca. Sei que não estou fazendo nada de errado, não estou cometendo nenhum crime e muito menos causando mal a ninguém. Mas gosto de fazer as coisas direitinho. Nunca descumpri ordens e sempre obedeci às regras estabelecidas. Me sinto mal por ter que fazer as coisas às escondidas. No entanto, sei que não me resta alternativa, pois dificilmente as pessoas compreenderiam e aceitariam o que estou fazendo, uma vez que me faltam evidências para provar a existência dessa realidade que você descreve. Não sei por quê, mas penso que os GNs gostam de estar perto de janelas e tenho vasculhado todas as venezianas, que são numerosíssimas, por esses corredores afora. Se alguém aparece, trato logo de me enfiar em algum quarto ou banheiro que esteja próximo. Se não der, corro para a escadaria, para o almoxarifado, ou finjo estar procurando alguém e peço informações, me fazendo de sonso. Não tem sido fácil, e este é apenas o começo. Existem muitos lugares onde não posso entrar, como todos os quartos, os centros cirúrgicos, os locais de exames e tantos outros. Mas como dizia meu pai, "um passo depois do outro", não adianta querer tudo de uma vez, tenho que pensar pequeno. Tenho que estudar o próximo lance. Agora você acaba de me dar mais uma dica: vou procurar perto de locais onde haja pássaros ou gaiolas. Quem sabe tenho mais sorte!

Dona Henedina parece estar desconfiada de alguma coisa e tem ficado permanentemente no meu pé. Mal me deixa ler e fica querendo espiar todas as anotações que eu faço. Ela insiste em me mandar passear, dizendo que preciso de ar puro. Diz que estou pálido como um defunto. Que coisa horrível para se dizer!

Hoje ela me pediu para entregar um documento na Provedoria, que fica numa ala do hospital onde eu nunca tinha estado antes. Fica mais ou menos perto da entrada da capela. Mas você tem que subir uma escadaria enorme. Dá a impressão de estar entrando em um palácio ou coisa parecida. Tem um segurança que fica lá no pé da escada e pergunta aonde a pessoa vai. Fiquei nervoso e gaguejei um pouco quando ele veio falar comigo, mas quando entendeu que estava levando um documento da parte de dona Henedina, do museu, ele me deixou passar. Deu uma olhada no envelope e me liberou em seguida. Entreguei o documento para a secretária e fui embora depressa. Lá em cima tem um balcão lindo, de onde se pode ver o jardim, a capela e o tanque das tartarugas. O piso estava molhado, pois o balcão é aberto e tinha chovido bastante algumas horas antes. Se houvesse algum gnomo por ali, teria morrido afogado. Ou talvez eles saibam nadar? Será? Será que respiram embaixo d'água? Havia alguns pássaros pousados sobre o parapeito. Pode até ser que os gnomos tenham pegado carona na asa de algum deles.

Depois fiquei pensando que poderia voltar ali num dia mais seco para investigar. Há a questão do segurança, mas acho que descobri a senha para atravessar aquela fronteira. Me sinto culpado de pensar assim, mas não posso evitar. Como ele sabe se é verdade mesmo que eu estava ali a pedido de dona Henedina? Se eu voltar outro dia e disser a mesma coisa, ele vai me deixar passar. Pensando assim, acho que dona Henedina acabou me fazendo um favor e me fornecendo uma senha para circular por lugares onde eu jamais seria admitido.

Agora o museu vai fechar. Mas estou satisfeito porque tenho sobre o que refletir hoje à noite.

Até logo, *do widzenia*,

Tadeu

São Paulo, 27 de outubro de 1931.

Droga! Me desculpe, Max, mas hoje não estou com vontade de conversar. Estou cansada de tantas mentiras. No começo, o Doutor Senhorita dizia: "É só por alguns dias"; depois virou "só por algumas semanas"; e então "só mais alguns dias, você vai ver". De dia em dia, de semana em semana, sabe quanto tempo faz que estou aqui neste hospital? Nem queira saber... Você se deprimiria com toda a certeza.

Anusha

4/4/02

Ok. Dormi pouco à noite, pensando em meus próximos passos. Acho que realmente a zona da Provedoria pode ser uma área fértil para minha pesquisa de campo. O único senão é que não há muitos doentes circulando por ali e, se pensarmos nos GNs como mensageiros e auxiliares dos enfermos, talvez esse não seja o local de maior interesse. Por outro lado, é um lugar sossegado, com muitas janelas e um enorme terraço, fácil acesso aos pássaros (com boa possibilidade de fuga rápida caso necessário), talvez um lugar onde se possa repousar do excesso de proximidade dos humanos.

Me faz lembrar da história engraçada que meu pai contava. Era mais ou menos assim: um homem está caminhando pela rua numa noite muito escura e encontra um amigo agachado ao lado de um poste de luz, tateando o chão, como se estivesse procurando alguma coisa. "O que aconteceu?", pergunta o homem. "Você perdeu alguma coisa?", "Perdi minhas chaves", responde o amigo. O homem resolve ajudar o amigo a procurar as chaves, mas, depois de algum tempo de busca sem sucesso, ele resolve perguntar: "Tem certeza de que foi aqui mesmo que você as perdeu?" Ao que o amigo responde: "Ah, não! Eu perdi ali naquele beco, mas como lá está muito escuro, vim procurar aqui onde está mais iluminado." Engraçado me lembrar dessa história agora... Será que estou querendo procurar onde tem luz?

Lala, me perguntei inúmeras vezes durante a noite sobre a veracidade do seu relato. A cabeça de uma menina de 10 anos de idade poderia ter inventado tudo isso sozinha? Talvez você tenha se baseado em alguma história que ouviu ou em algum livro que leu. Por outro lado, a precisão dos detalhes me faz duvidar de tudo isso. Outra possibilidade é estarmos diante de um gênio criativo, de uma inventividade única. Nesse caso não há nada de real, são apenas histórias belas, interessantes, envolventes... mas apenas histórias. É justamente por causa de todas essas dúvidas que quero verificar. Sou como São Tomé. Preciso de provas, evidências. Tenho cabeça de cientista. Pensamento cartesiano. Sistemático em excesso. O que posso fazer?

São Tadeu

São Paulo, 28 de outubro de 1931.

Tio Valódia esteve aqui! Foi tão divertido conversar com ele... Ele trouxe vários presentes para mim. O melhor de todos foi uma caixa de *crayons* importados da América do Norte. Eles são macios e escorregam no papel. Além disso, as cores são lindas. São oito cores: vermelho, laranja, amarelo, verde, azul, violeta, marrom e preto. Um arco-íris e mais um. Na parte de trás da caixa, ele escreveu assim: "À encantadora jovem capaz de visitar os sete mares sem um palmo se deslocar", e depois no cantinho, em letras menores: "*Vive la liberté!*" Ele disse que é francês e significa "viva a liberdade". Bonito, não é, Max?

Anusha

5/9/02

Hoje me prestei ao ridículo. Saí da aula mais cedo e, munido de um envelope pardo, me dirigi à escadaria que leva à Provedoria. Conforme o esperado, o segurança me deixou passar. Uma vez lá em cima, fingi entrar na sala indicada e permaneci durante alguns minutos escondido atrás da porta. Em seguida, me certificando de que não havia ninguém por perto, saí para inspecionar a região. Percorri de joelhos toda a volta do balcão usando minha lupa para procurar vestígios dos GNs. Nada encontrei além de fezes de pássaros e de uma ponta de cigarro. Pensei que fosse proibido fumar nas dependências do hospital... Pode ser que tenha vindo de fora. Não deve ser uma tarefa fácil manter um hospital limpo.

Durante todo o tempo que estive ali passaram apenas duas pessoas. A primeira eu não cheguei a ver, ouvi apenas seus passos. A segunda foi um médico (pelo menos estava vestido de avental branco), que, batendo os olhos em mim, de quatro atrás do balcão, naquela posição absolutamente constrangedora, perguntou se eu estava precisando de alguma coisa. Fiquei a tal ponto vexado que mal consegui responder. Disse que tinha tropeçado, gaguejando feito uma galinha carijó. Me pus de pé sem perder tempo. "Tem certeza de que está tudo bem?", perguntou o doutor. "S-s-s-sim, o-o-o-o-bri-bri-bri-ga-ga-do", respondi com dificuldade antes de me desembestar para longe dali.

Sempre admirei os investigadores. Adoro histórias de detetives e filmes policiais. Adoro ficar atento às filigranas e ser capaz de interpretar corretamente os fatos observados para desvendar o mistério. Quando era criança e me perguntavam o que eu queria ser quando crescesse, eu dizia com orgulho: detetive particular. Minhas últimas atuações têm sido decepcionantes. Como investigador creio que estou me saindo um bom covarde.

Tadeu

São Paulo, 29 de outubro de 1931.

Querido Max,

É preciso ter coragem para enfrentar a vida." Foi isso que tia Rosa me disse quando chegou aqui hoje de manhã e me viu tãããããão desanimada.

Sabe, Max, às vezes me sinto cansada de estar tanto tempo atada a esse dormidor de hospital. Está certo que tenho pessoas à minha volta que gostam de mim e se preocupam comigo. Tenho meus pequenos amigos Gus e Greb, que tanto me divertem. E, sobretudo, tenho você. Max, você é meu melhor amigo! Mas em certos dias parece que isso não basta. Tia Rosa disse que a coragem é uma qualidade que precisa ser cultivada. Ela provém de uma confiança íntima, de uma certeza que vem lá do fundo da gente e que nos assegura de que tudo vai acabar bem. Cada um faz o que pode. Ninguém espera que a gente faça o que não está ao nosso alcance.

Acho que Gus e Greb têm andado muito ocupados nos últimos dois dias, pois têm aparecido pouco. Acho que isso também contribuiu para o meu desânimo. Não estou com vontade de escrever mais agora.

Coragem, meu querido Max, é disso que nós precisamos!

Anusha

6/9/02

Obrigado, *Lala*! É isso que eu precisava ouvir (seria mais apropriado dizer: ler?). Eu também me sinto desanimado. Mas você me deu força para prosseguir.

Tadev

São Paulo, 30 de outubro de 1931.

Max! Tudo está melhor hoje. Vê? Tia Rosa tem razão, não adianta nada se desesperar. Se a tristeza vem, a gente deixa ela passar. Gus e Greb apareceram por aqui logo cedo, eu mal tinha terminado o café da manhã. Eu falei que tinha sentido falta deles. Sabe o que eles disseram? Os anciãos lhes haviam dado uma missão. Estiveram ocupados dia e noite para poder cumprir a incumbência recebida. Tem a ver com essa tal pesquisa que eles fazem e da qual nunca falam muito abertamente. O que eu entendi é que eles precisavam catalogar os olhares de todos os pacientes da ala norte do hospital (que é exatamente onde estou) e fazer um tipo de "dicionário de olhares". Aliás, acho que não contei, mas tio Valódia me emprestou o dicionário dele e vivo pedindo para as pessoas lerem para mim o significado das palavras.

Gus disse que os olhares se encaixam dentro de 11 categorias segundo uma série de características e traços de personalidade da pessoa. Faz sentido para você? Não muito, eu suponho. De qualquer modo, eles prometeram me explicar mais detalhadamente em breve. Sabe o que eu descobri? Os nonôs têm os ouvidos extremamente sensíveis. Eles detestam apitos, buzinas, gritos, qualquer tipo de som alto, especialmente os agudos. Portanto, se algum dia você der de cara com um deles, fale baixinho para não deixá-lo irritado. Normalmente eles não são agressivos nem vingativos, mas nunca se sabe. Esse é um dos motivos que os faz sentir mais à vontade para exercer suas atividades à noite, quando tudo fica mais silencioso. Embora muitos pacientes estejam dormindo nesse horário, a atividade do hospital não para. Hoje à noite tentarei ficar acordada para ver se o que dizem é verdade. Depois eu lhe conto.

Do widzenia,

Anusha

7/9/02

Minha Lala,

*A*cabo de sair da aula de Anatomia, que acontece no anfiteatro, bem ao lado do prédio da Ortopedia e Traumatologia. Eu nunca tinha entrado lá, mas, passando em frente, algo me chamou a atenção. Havia um busto grande, feito de bronze, creio, em homenagem a algum benemérito da história. A pessoa em questão usava um chapéu. Não sei por quê, eu lembrei que os GNs, que apreciavam escorregar pelo chapéu da madre superiora, gostariam também deste aqui. Além disso, o piso deste prédio tem uns desenhos feitos com ladrilho de vidro que são lindos e cheios de pequenas reentrâncias que, a meu ver, seriam bons nichos para gnomos. Fora isso, no canto do corredor tem uma espécie de estacionamento de cadeiras de rodas e pequenas macas. Fiquei imaginando os GNs ali empoleirados, num dia de grande movimento, esperando os enfermeiros colocarem um paciente para ser levado de um lugar a outro. Deve ser um verdadeiro parque de diversões para eles! Vou ter que voltar lá com mais calma.

Tadeu

São Paulo, 31 de *outubro* de 1931.

Querido Max,

*E*stava ansiosa para lhe escrever sobre o que se passou ontem à noite. Ninguém me levaria a sério, mas sei que você acredita em mim. Tentei não pegar no sono quando a mamãe apagou a luz, mas, por mais que eu tenha me empenhado, não pude evitar. O silêncio, o escuro e a respiração dela ressoando no quarto me fizeram perder os sentidos. Acontece que depois de algumas horas, ou alguns minutos de sono (não saberia precisar), acordei com um barulho, como se uma coisa pesada tivesse caído no chão.

Chamei a mamãe, mas ela não respondeu. Chamei Gus e Greb, mas eles também não responderam. Fiquei ali quietinha e comecei a perceber milhares de sons que poderiam ser passos, vozes, metais batendo, assobios, sussurros, enfim... Fiquei tentando identificar aqueles ruídos, mas nem sempre era possível. Não senti medo, juro. Mas fiquei intrigada. Coloquei o inventóculos, que eu sempre tiro para dormir. Quem sabe alguma coisa aparecia? Fiquei um tempão assim. Até que ouvi uma voz conhecida. "O que você está fazendo?" "Gus, é você?", perguntei baixinho. "E quem mais haveria de ser?", disse ele. "Por que você não está dormindo?", ele perguntou. "Perdi o sono. E você?" "Eu vou bem, obrigado", ele disse. "Não é isso que eu perguntei!" "Você perguntou sobre mim e eu respondi", ele disse, já meio enfezado. "A menos que o que se passa comigo não lhe interesse, sua mal-agradecida! Que vergonha, depois de tudo o que eu tenho feito por você..." Ele consegue ser implicante quando quer.

Eu lhe disse então que não era nada daquilo e que eu só queria saber por que ele também não estava dormindo. "Quantas vezes tenho que explicar a mesma coisa para você? 17? 23?" Ele já estava se exaltando, então fiz sinal para que ele falasse mais baixo, pois fiquei com receio de que acordasse a mamãe. "Nós dormimos quando temos sono, e isso acontece em geral a cada cinco horas." "Quer dizer que vocês dormem a cada cinco horas?", eu disse, espantada com a revelação. "Sim", respondeu ele, "37 minutos de sono são o suficiente para nos restabelecer." Fiquei pensando que se Greb estivesse aqui ele certamente discordaria de todos esses números. Eu perguntei a Gus se havia outros gnomos saltitando por aí naquela hora. Ele simplesmente ajeitou o chapéu na sua minúscula cabeça e desatou a rir.

Eu pedi que ele ficasse ali comigo para me fazer companhia. "Está bem", disse ele, rolando pela minha bochecha enquanto eu bocejava. "Mas agora é tarde e você precisa descansar." Em seguida, em voz baixa, quase sussurrando, ouvi-o dizer: "Os humanos são tão fracos..." Não gostei muito do comentário, mas resolvi ignorá-lo e tentar dormir. Fiquei com os olhos semicerrados. "Você vai dormir com essa geringonça na cara?", perguntou Gus, referindo-se ao inventóculos. Eu hesitei um pouco antes de responder: "Sim... sempre durmo com ele." Gus me olhou com descrença. É claro que não acreditou em mim, mas também não insistiu.

Àquela altura, os olhos já tinham se acostumado à escuridão e o quarto parecia mais claro. Talvez a lua estivesse alta lá fora, e sua claridade invadia o cômodo através das venezianas fechadas. Me sentia dividida, pois uma parte de mim estava cansada e queria dormir, mas uma outra parte queria saber mais sobre aquela suposta agitação noturna. Não sei dizer bem em que momento conciliei o sono, mas me lembro de uma imagem que ficou gravada na minha memória como uma fotografia. Não sei se sonhei ou se enxerguei em um lampejo. Eram dezenas, talvez centenas de gnomos diminutos circulando pelo quarto, enfiados em cada cantinho de móvel, de parede, escorregando pelo lençol.

Quando dei por mim estava acordando, e a mamãe tentava afastar o inventóculos do meu rosto. Ela perguntou por que eu estava usando aquilo e disse que era perigoso, que eu poderia ter me machucado durante o sono. Eu não respondi nada e fingi que ainda estava dormindo para escapar do apuro.

Você pode pensar o que quiser, mas eu estou convencida de que a população de GNs aqui no hospital é enorme, muito maior do que imaginamos. Eu sempre pensei que os nonôs fossem uma família como a nossa. Mas na verdade é como se fossem todas as famílias do nosso prédio, mais aquelas da nossa rua, mais toda a nossa escola, toda a nossa cidade, sei lá... Não quero compará-los a formigas, pois seria falta de educação, mas a imagem mais próxima que me vem à cabeça é a de um formigueiro gigante.

Aguarde continuação.

Da sua sempre companheira,

Anusha

8/9/02

Querida *Lala*,

Concordo que talvez o silêncio seja um dos motivos que os fazem gostar tanto dos hospitais. Lembrei que você já havia escrito sobre o respeito que os GNs têm pelos recém-nascidos. Dia desses um dos professores falou que a maior parte dos partos normais acontece durante a madrugada, por razões que ninguém sabe explicar. Mas o fato é que a maternidade parece ser bem movimentada nesse horário. Eles devem disputar como loucos a oportunidade de atuar nessa ala do hospital (talvez minha conclusão seja precipitada).

Agora, vamos aos fatos. Lembrando-me de sua tia Rosa e armado de muita coragem, resolvi investir numa nova frente. Pois se é à noite que eles mais circulam, é à noite que eu tenho maior chance de encontrá-los. Pensei bastante e resolvi me arriscar. Você não disse que precisamos ousar mais? Ser mais arrojados e audaciosos? Se não disse, faz de conta que disse. Ou se não foi você, faz de conta que foi. Pouco importa. Decidi que precisava passar a noite no hospital. Depois que o museu fechou, às cinco da tarde, fiquei vagando pelos corredores.

Fui à lanchonete, pedi um guaraná e fiquei esperando o tempo passar. Na mesa ao lado, um grupo de segundanistas falava sobre a viagem que um deles tinha feito pela Europa, de mochila às costas, depois de ter passado no vestibular. Pelo que pude ouvir da conversa, ele tinha trancado a matrícula para passar um ano inteiro viajando com mais dois amigos e acabara de voltar. Uma das meninas dizia que muita gente faz isso antes de mergulhar no estresse do estudo, da carreira e tudo o mais. Fiquei pensando se daria conta de fazer uma coisa dessas. Não tenho uma vontade especial de ir à Europa. Mas poderia ir a outros lugares... quem sabe? Depois passei um tempo escondido no banheiro, esperando o hospital esvaziar. Precisei agir assim para poder permanecer aqui após o fim do horário de visitas, que encerra às nove da noite. Vesti meu avental (todos os alunos da faculdade devem ter um), o que já faz com que as pessoas desconfiem menos de mim. Olhando de longe, podem me confundir com um médico ou um enfermeiro de verdade. Pena que ainda não recebi meu microscópio portátil, mas não aguentei esperar. Acho que não tinha falado ainda sobre isso, mas vi um anúncio na internet e achei que era o equipamento ideal para observar possíveis vestígios (especialmente as roupas) de gnomos nosocômios. O anúncio dizia: *Insetos, pólen, cristais, selos, notas ou tecidos. Nada escapará à observação através deste microscópio portátil, disponível em várias cores. A pequena lâmpada que acende com duas pilhas pequenas permite iluminar tudo o que se encontra dentro do campo de observação da lente do microscópio. Ideal para expedições pela floresta... ou pelo jardim.* Não parece interessante? O preço era um pouco alto. Mas tenho o dinheiro do *dziadek*, pensei comigo. Tenho autorização de retirada. Ele disse tantas vezes que só a mim caberia decidir como usá-lo. Não ficaria chateado se soubesse o quanto esse equipamento será útil. Comprei. Devo recebê-lo em alguns dias. Acho que vai ser muito útil. De qualquer modo, resolvi guardar as evidências que por ventura encontrasse em saquinhos plásticos (que agora sempre carrego comigo) para examiná-las *a posteriori*. Por enquanto continuo usando a minha lupa que aumenta vinte vezes o tamanho das coisas. Passei horas revisando cada cantinho. Levei comigo uma lanterna, pois imaginei que algumas partes do hospital fossem pouco iluminadas durante o período noturno. Mas, para minha surpresa, na maior parte dele há sempre muita luz, geralmente aquela luz fluorescente que arde nos olhos, mas ilumina bem. Passei por incontáveis corredores, depósitos de roupas de cama e toalhas, almoxarifado, farmácia, copa... tentava sempre ser o mais silencioso e discreto possível, para evitar chamar a atenção. Até que me dei bem durante algum tempo. Já devia ser perto da meia-noite quando o segurança me apanhou examinando um vitral. "Algum problema?", ele perguntou. Eu tentei falar, mas a voz não saiu. Balancei a cabeça. "O senhor é médico?" Nada. O homem olhou para o meu peito como se estivesse procurando um crachá ou algum tipo de identificação. "Enfermeiro?", ele continuou. Eu poderia perfeitamente ter mentido, ter inventado uma história. Talvez ele tivesse acreditado. Não ia pedir uma prova. De qualquer forma, não consegui. Você sabe o quanto isso é difícil para mim. Não consegui. Pode parecer ingenuidade da minha parte, mas eu fiquei travado, como se tivessem jogado gás paralisante sobre mim. "E-e-e-estudante", eu respondi, finalmente.

"Você não pode ficar aqui, rapaz. O hospital fechou às nove." Tentei me justificar dizendo que estava fazendo uma pesquisa, mas acabei me enrolando todo. Acho que ele não se convenceu, pois, logo em seguida, vendo que eu não me movia do lugar, agarrou meu braço com força para me conduzir para fora dali. Eu lhe disse que isso não era necessário e que eu sairia sozinho. Ele me olhou torto, largou meu braço e me acompanhou em silêncio até o portão. Quando eu já estava saindo, tremi ao ouvi-lo dizer: "Vou ficar de olho em você, rapaz!"

Resumindo: fui pego em flagrante e não consegui descobrir absolutamente nada. Juntei um monte de evidências como pedaços de algodão, estopa, restos de comida, pedaços de papelão, *band-aids*, poeira... que, após exame minucioso em meu microscópio portátil, constatei ser simplesmente lixo. Pois é, ele chegou! Pensei que fosse demorar mais. Quando cheguei em casa, tinha um pacote à minha espera. Era o próprio. Como é que vai ficar a minha investigação agora?

Tadeu

São Paulo, 31 *de outubro de* 1931.

Olá, Max, segundo apontamento do dia:

Uma coisa que eu achei engraçada com relação aos nonôs é o medo que eles têm dos animais. Tirando os pássaros que, como você bem sabe, consideram seus amigos, todo tipo de bicho lhes causa pavor. Desde moscas (para eles são verdadeiros tratores), passando por borboletas, até ratos. Mas o que realmente os faz tremer são cachorros e gatos.

G e G me explicaram que, muito antigamente, antes de eles se tornarem gnomos hospitalares, seus antepassados viviam em lugares onde o clima era muito frio e eles precisavam usar proteção sobre o corpo para não congelarem. Precisavam usar coisas estranhas como asas de mosca e couro de besouro, porque os tecidos invisíveis aos olhos humanos (e animais) que eles fabricavam não os aqueciam o suficiente. Esses abrigos que eles usavam para se proteger do frio os tornavam visíveis para os animais, que os confundiam com pequenos bichinhos comestíveis e corriam atrás deles. Muitas histórias desse tempo em que pequenos GNs desapareceram para sempre nas patas (para não dizer bocas) de algum bicho faminto são contadas pelos anciãos e são para os nonôs verdadeiras histórias de terror. Eles gostam de ouvi-las, mas depois ficam morrendo de medo.

Aqui no hospital a entrada de animais é proibida. Eu sei, porque o Léo tentou trazer a Daisy (é a minha gatinha, você se lembra dela?) para me visitar mas não permitiram que entrasse. Será que é por isso que os nonôs gostam tanto do hospital? Se eles conhecessem a Daisy, tenho certeza de que mudariam de opinião.

Agora preciso ir, pois o Doutor Mágico acaba de chegar. Ir é modo de dizer, você sabe que não vou a lugar nenhum. De qualquer modo, estou louca para ver qual é a surpresa que o doutor está trazendo hoje.

Até logo,

Anusha

9/9/02

Querida Lala,

Sei que na sua época as instalações da Santa Casa não eram exatamente como são hoje. Há muitos prédios novos, muitas alas reformadas, mas a essência é a mesma. Quer dizer que grande parte das construções permanece como era, tendo sofrido apenas pequenas alterações ou adaptações de acordo com sua utilização. Consegui uma planta do hospital com uma moça que é arquiteta e trabalha aqui na área de Engenharia e Operações. Ela costuma vir bastante ao museu, pois estão fazendo um trabalho de restauração do qual dona Henedina participa. Aí conversa vai, conversa vem, acabamos ficando amigos. Perguntei a ela como era o hospital em 1930, ela me contou algumas coisas que sabia. Como disse, no geral não mudou muita coisa.

O mais interessante de tudo foi a revelação de um elemento do qual, mesmo tendo vivido aqui os últimos meses, eu não tinha tomado conhecimento: os túneis. Talvez você, que é tão esperta, já soubesse disso, pois na sua época eles já estavam aí. Mas para mim foi uma surpresa. Descobri que toda a parte de serviços aqui na Santa Casa é feita através de um conjunto de túneis subterrâneos situados sob todo o complexo. Eles dão acesso não só ao prédio central como a todos os outros prédios, tudo por baixo da terra. Toda a parte de copa e cozinha, a rouparia, a circulação dos equipamentos, medicamentos e mantimentos diversos é feita via túnel. Não é incrível? Eu achei.

A Estela, essa moça da qual eu falei, vendo o meu interesse, me ofereceu essa planta que vai ser muito útil na minha busca. Vou começar a estudá-la hoje mesmo.

Tadev

São Paulo, 1º de novembro de 1931.

Bom dia, Max!

Que lindo dia! O Ciclista acaba de passar por aqui. Sempre que o vejo sinto vontade de escrever. Não sei por quê. Mas também não importa. O importante é que G e G também já estiveram por aqui. Eles são muito bons contadores de histórias, sabe? E eu estou gostando cada vez mais de conhecer as aventuras do seu povo. Eles disseram que a cada 29 dias todo o clã se reúne e os mais velhos contam histórias para os mais novos. Já pensou que divertido? Os jovens nonôs adoram histórias. Só não gostam quando os mais velhos tentam lhes dar conselhos. Eles são muito independentes e preferem tirar suas próprias conclusões, sem se preocupar com o risco que isso envolve. A roda de histórias é o momento mais aguardado por eles durante toda a lua (que é mais ou menos como o mês deles). Você se lembra de como eles contam as luas e não os anos, não lembra, Max?

Gosto muito quando eles contam sobre suas origens, de como vieram parar aqui. Dizem que chegaram há muitos milhares de luas, tendo atravessado o oceano em antigos navios. Parecem o tio Valódia falando da saga dos imigrantes. Viviam em um lugar muito frio, nos confins do mundo. Perguntei se é onde vivem os pinguins e os esquimós, mas eles não souberam responder. Talvez tenham vivido em Varsóvia, onde eu mesma morei antes de vir para cá. Fazia um frio de lascar. Eu era pequena, mas tenho a lembrança de papai puxando o *sanki* no parque (como será que se diz *sanki* em português?) pelo meio da neve. Eu usava uma boina cobrindo toda a cabeça, mas o frio era tanto que fazia os fios de cabelo que escapavam congelarem.

Perguntei se eles conheciam a Polônia (é onde fica Varsóvia, caso você não saiba), mas eles não souberam me responder. É claro que existem inúmeros países de clima frio, mas seria engraçado se tivéssemos vindo do mesmo lugar. Voltando aos nonôs, os mais velhos contam que eram governados por um conselho de reis muito, muito sábios. Mas a vida era demasiado difícil, principalmente por causa das baixas temperaturas. Um pequeno grupo resolveu fugir dali e partir em busca de um clima mais ameno, onde não precisassem proteger o corpo com camadas de materiais que prejudicam sua invisibilidade aos olhos humanos e animais. Na ocasião isso gerou uma grande discórdia nas aldeias de gnomos, pois nem todos concordavam com essa viagem. Depois de muita discussão, finalmente houve uma cisão e parte dos gnomos pigmeus partiu, alojando-se em diferentes navios. Os que partiram nunca mais tiveram notícia dos que ficaram. Alguns foram para o Norte, onde tem milho e faz frio. Outros preferiram lugares mais quentes. Esses também perderam o contato entre si. Mas isso tudo aconteceu há mais ou menos como cinco mil luas.

Toda essa história de viagens transatlânticas me faz lembrar da minha própria viagem quando viemos com mamãe para o Brasil. Uma lua inteira dentro do barco, navegando, você pode imaginar? Eu tinha apenas 5 anos, mas de algumas coisas me lembro muito bem. Mamãe sempre repete essa história para um monte de gente. Primeiro pegamos um trem que nos levou de Varsóvia até o porto de Havre, que fica na França. Não me lembro se era um único trem ou se trocamos de vagão no meio do caminho. *Tatus,* quer dizer, papai, tinha viajado alguns meses antes e já estava nos aguardando aqui. Mamãe inventou de trazer arenque defumado para ele. Papai é capaz de perder a cabeça por

um pedaço de arenque. Alguém havia dito a ela que não tinha arenque no Brasil e ela resolveu lhe fazer um agrado. Viajamos carregando um pequeno barril de peixe, você pode imaginar? Lembro que, um dia, estávamos na nossa cabine e o navio balançava sem parar. A cabine fedia a peixe e fazia um calor infernal. Eu mal sabia contar, mas sei que vomitei 17 vezes naquele dia. Disso eu nunca vou me esquecer.
Agora vou parar, pois tenho que almoçar. À noite escrevo mais.

Anusha

P.S.: Perguntei para a mamãe e ela acaba de me dizer que *sanki* em português se diz trenó. T-r-e-n-ó. Engraçado, não acha?

Continuação, noite de 1º de novembro de 1931.

Max, estou de volta.

A Irmã Sorriso hoje me disse que Dona Uva-Passa não está passando muito bem. Foi um tal de gente passando de lá para cá a tarde inteira. Fiquei triste porque ela é uma boa vizinha e eu gosto muito dela. Espero que melhore logo. Fiz um desenho para ela, amanhã vou pedir para uma das irmãs entregar.

Dobra noc,

Anusha

13/9/02

Lala,

Concordo com você e com o tio Valódia: a nossa saga de imigrantes é parecida com a dos GNs. Meus avós também vieram das terras frias da Polônia tentar a vida nos trópicos. De fato é engraçado, para não dizer desconcertante, que as nossas famílias tenham vindo do mesmo lugar.

"Deus, eu passo os sete dias úteis
Traçando nove dias fúteis
Fazendo planos de papel"

Estou decepcionado comigo mesmo. Às vezes tenho vontade de desistir. Talvez seja tudo imaginação mesmo. Talvez eu esteja me enganando ao querer acreditar numa fantasia que só me afasta cada vez mais da minha realidade.

Tadeu

São Paulo, 2 de novembro de 1931.

Querido Max,

Você sabe que os nonôs são muito gulosos e gastam grande parte de seu tempo comendo. Eu penso que esta questão das origens está relacionada às suas preferências gastronômicas. Gus e Greb me confessaram que apreciam as frutas frescas (principalmente Gus), especialmente as pequenas e silvestres como morangos, cerejas, amoras e framboesas, infelizmente difíceis de encontrar nos verões tropicais. Eles ainda se sentem um pouco intimidados pela exuberância da vegetação tropical, e o tamanho dos frutos os assombra: melancias, melões, mamões, abacaxis... Mesmo as bananas eles acham um pouco estranhas. As cascas são duras demais, grossas demais, o que faz com que eles tenham dificuldade de acesso aos frutos. Eles encontram alguns substitutos de verão em uvas, nêsperas e pequenas ameixas. Frutas grandes como melão e melancia são muito difíceis de comer. Para isso, eles têm que penetrar na fruta – como eu mesma já os vi fazer – e isso causa uma sujeira inimaginável! Comem também frutas secas e adoram castanhas (nozes, avelãs, amêndoas...) de todos os tipos.

Isso me faz lembrar de um episódio que Greb me contou um dia desses. Aconteceu algum tempo atrás com um outro gnomo chamado Galub. Ele era um gnomo muito jovem e atrevido, que mal acabara de completar duzentas luas de idade. Ainda estava descobrindo as maravilhas de seu cinturão da integridade. Queria aprender sobre tudo o que havia nele e chegava a esquecer das recomendações que recebera de não desperdiçar as reservas sem necessidade. Ele costumava passar dias inteiros escondido nos corredores da maternidade, esperando a oportunidade de furtar algumas castanhas de um dos quartos.

Galub era meio desastrado (coisa rara para um nonô... que piada!) e costumava enfiar nas bolsinhas de seu cinturão uma quantidade de castanhas muito maior do que a que ele comportava. O resultado era que, quando andava pelo corredor, ia deixando um rastro de migalhas e pedacinhos de nozes, amêndoas ou o que quer que estivesse carregando. Durante muito tempo, ninguém percebeu. Os humanos são tão distraídos... Aliás, só enxergam aquilo que desejam ver. Isso foi uma das verdades que aprendi com os nonôs. De qualquer forma, os anciãos do clã tomaram conhecimento das atividades de Galub e de sua falta de cuidado. Ele foi chamado diversas vezes e prevenido de que estava pondo em risco a segurança de "toda uma raça de gnomos pigmeus" (no início eu achei que fosse uma particularidade de Greb, mas como você pode perceber, todos eles têm uma tendência ao exagero). Pois se uma pessoa detectasse a presença desses rastros constantes, poderia eventualmente querer investigar para descobrir do que se tratava. E isso era tudo o que os nonôs NÃO queriam. Um evento como este poderia atrapalhar seriamente sua pesquisa e sua vida.

 Galub prometeu se esforçar, mas ele era meio cabeça-oca. Distraía-se com tudo. Um olhar que se apresentava, o cheiro de uma comida diferente, um carrinho que passava, um choro de nenê... Quando se via frente a frente com um pote de frutas secas ou de pequenas castanhas, se esquecia imediatamente de todas as recomendações recebidas e tentava, com voracidade, guardar em seu cinturão a maior quantidade delas que conseguisse. E continuava deixando seu rastro pelos enormes corredores.

As enferfreiras daquele andar começaram a notar a sujeira e foram reclamar com o pessoal da limpeza. As moças juraram que estavam limpando tudo direitinho, mas prometeram caprichar mais na faxina. As irmãs começaram a observar. Perceberam que era durante a noite que geralmente os rastros apareciam. Ficaram atentas uma, duas, três noites. Chegaram à conclusão de que devia tratar-se de algum bicho. Haveria ratos no hospital? Seria um horror! Com todo o cuidado que eles sempre tomaram, além de oferecer um risco à saúde dos pacientes, sua presença poderia comprometer a imagem do hospital, que sempre havia sido muitíssimo bem conceituado. Passaram dias (quer dizer, noites) seguindo o rastro de Galub, sem que ele se desse conta de que estava sendo perseguido.

As irmãs não conseguiam entender o que estava acontecendo. Uma vez o rastro terminava dentro do berço de um recém-nascido. É que Galub se afeiçoara ao bebezinho e, depois de se abastecer, passara o dia inteiro pousado no seu nariz, saboreando as nozes e velando seu sono. Outra vez o rastro as levou ao armário de roupa de cama, mas tiraram tudo de dentro e não encontraram sinal de bicho algum. É que Galub gostava do perfume das roupas recém-lavadas. Além disso, elas ficavam tão macias e sedosas que ele era capaz de passar dias inteiros escorregando nelas.

Demorou, mas finalmente os mantimentos do cinturão se esgotaram e Galub foi obrigado a voltar para o quartel-general dos GNs. Ficava naquele depósito de coisas velhas que eu falei para você. Era onde os gnomos todos se encontravam e se refugiavam. As irmãs seguiram o rastro de Galub até o local. Convencidas de que se tratava de algum tipo de ratazana, resolveram esvaziar completamente o local e contratar uma companhia de dedetização para acabar de vez com aquilo que elas consideraram uma praga. Todo o clã teve que se mudar dali. Tiveram que deixar um montão de coisas para trás. Demorou centenas de luas para poderem voltar.

Galub foi responsabilizado por toda essa tragédia. Além de quase serem descobertos pelos humanos, foram praticamente expulsos de sua "casa", aquela moradia que eles vinham cultivando havia tanto tempo. Você quer saber qual foi o seu castigo? Deram-lhe o direito de escolher: ou permanecia com o clã, ficando para sempre preso numa gaiolinha e vigiado 24 horas por dia para não cometer nenhuma barbaridade, ou deixava definitivamente os companheiros e ganhava o mundo por conta própria. Galub resolveu partir e nunca mais se ouviu falar dele. Os gnomos anciãos são implacáveis com seus pares. Eles levam as suas regras muito a sério.

Queria continuar conversando com você, Max, mas a Irmã Polegarzinha chegou para dar um "banho nessa gata manhosa". Não aguento mais tomar esses banhos de mentira, de bacia e toalhinha. Quando eu puder me levantar do dormidor, a primeira coisa que vou querer fazer é tomar um bom banho de banheira, com água bem quentinha.

Do widzenia,

Anuska

19/9/02

Querida *Lala*,

O que você espera que eu faça? Caçar migalhas pelo hospital afora em busca de rastros gnominais? Não creio. Quanto tempo antes da sua internação terá acontecido o fato que você acaba de contar? Pelo que entendi, os GNs foram obrigados pelas circunstâncias a abandonar temporariamente sua morada. Temporariamente. Depois de um tempo, puderam voltar. De qualquer maneira, começo a pensar que deveria procurar em lugares menos "óbvios", ou pelo menos mais inusitados, aos quais os humanos tenham dificuldade de acesso. Só para ilustrar: o teto da capela, por exemplo. Ou então as engrenagens do enorme relógio de pêndulo. Quem sabe na máquina do raio X?

Estou cada vez mais curioso para conhecer do que se trata a pesquisa que eles tanto consideram. Acho que aí tem uma chave para que possamos entender melhor as relações entre o mundo deles e o nosso, a interface tênue que paira entre essas duas realidades. Sei que daqui para a frente vocês falarão muito a esse respeito. Portanto faço essa anotação para mim mesmo, para que eu não me esqueça de ficar atento a cada detalhe, para que eu não perca uma vírgula sequer. Sinto que esse segredo pode me ajudar a compreender melhor as pessoas, afinal não é isso o que os GNs querem?

Do widzenia,

Tadev

São Paulo, 3 de novembro de 1931.

Querido Max,

H oje é um dia muito triste. Dona Uva-Passa morreu. Nem mesmo o Ciclista quis sair do dormidor hoje, ele que é a pessoa mais alegre do hospital. Só espero que ela tenha tido tempo de ver o desenho que eu fiz para ela. Você lembra, Max? Eu tinha pedido para a Irmã Sorriso entregar... Eu não entendo por que as pessoas têm que morrer. Bem que a vida poderia ser um bocadinho mais longa... Mamãe disse que quando a pessoa fica velha, quando atinge certa idade, a hora dela chega e ela parte para um lugar melhor que este. Mas isso não explica nada. Por que a hora dela não podia ser um pouco mais tarde? E depois, quem define que hora é essa? E as pessoas que morrem antes de ficarem velhas? Não acho justo. Por acaso alguém perguntou a Dona Uva-Passa se queria partir? Aposto que não.

Vou guardar as *Reinações de Narizinho* como uma lembrança dela. Aliás, vou pedir para a Irmã Polegarzinha contar um pedaço da história hoje, faz tempo que ela não o faz. Vamos convidar o Valentão e ouvir a história comendo os bombons de chocolate que a vovó mandou. Está feito.

Tia Rosa acaba de chegar, vou parar de escrever para dar um beijo nela.

Até mais tarde,

Anusha

Olá, Max, cá estou novamente!

Até que o dia está passando bem. Conversei bastante com a tia Rosa, ouvimos as histórias do Sítio do Pica-pau Amarelo, depois Gus e Greb apareceram. Quando estou fazendo alguma coisa e me distraio, chego até a me divertir. Mas basta parar por um minutinho e a imagem de Dona Uva-Passa me vem à cabeça. Aí eu fico triste de novo. Mas não quero mais falar nisso. Tia Rosa me garantiu que daqui a poucos dias a tristeza vai passar e eu vou esquecer. Fiquei aliviada. Por outro lado, me pareceu absurdo esquecer uma pessoa tão querida em tão pouco tempo.

Depois Gus e Greb apareceram e, vendo como eu estava tristonha, resolveram fazer uma "mágica" para me animar. Levantaram os braços simultaneamente e perguntaram se eu estava vendo alguma coisa ali. "Vocês sabem que eu não estou enxergando muito bem", eu disse, já querendo me defender. "Não se preocupe, isso aqui você enxergaria", garantiu Greb. Mas eu não estava vendo nada. Após darem duas cambalhotas cada um, fizeram juntos um movimento circular com os braços e de repente, vindo do nada, uma ameixa bem redonda e bem roxinha apareceu flutuando no ar. "O que é isso?", perguntei espantada. "Uma ameixa, ora!", respondeu Gus. "Eu sei que é uma ameixa", eu disse. "O que eu quero dizer é: como é que ela veio parar aqui?" Aí eles me contaram um segredo. E me fizeram prometer que eu não o revelaria a ninguém. Só estou contando a você porque você é meu melhor amigo e os melhores amigos não devem esconder nada um do outro. Mas conto com a sua discrição. Eles disseram que a ameixa estava dentro de um baú. "Mas eu não vejo baú nenhum...", eu disse. Eles sabiam que eu não estava vendo o baú porque ele era feito de uma matéria que os olhos humanos não são capazes de ver. É uma matéria particular e exclusiva do mundo dos gnomos, mais ou menos como as suas roupas que também são invisíveis para nós (pelo menos enquanto eles as estão vestindo). Ao guardarem a ameixa dentro do baú invisível, ela de certa forma adquiriu suas propriedades, tornando-se invisível também. Não é incrível, Max? É assim que eles escondem as coisas da gente. Sabe quando você fica procurando algo que você jura que tinha deixado ali e não acha? Pode crer que é obra deles.

Eu contei para eles sobre o que a tia Rosa falou a respeito de esquecer as pessoas queridas. "O que vocês acham disso?", perguntei. "Não é um contrassenso?" "Os homens são assim mesmo", disse Greb. "Sua tia tem razão." E Gus continuou: "Os seres humanos têm essa capacidade, é um mecanismo que eles desenvolveram para poder sobreviver e levar a vida adiante. Caso contrário, a vida seria insuportável para eles." "E vocês, como fazem?", perguntei. "Nós sabemos que estamos aqui de passagem", disse Gus. "Não temos esse tipo de preocupação", falou Greb. "Vivemos para realizar nossa missão enquanto aproveitamos as coisas boas que nos acontecem." "Não vivemos por nós, vivemos para nosso clã, pela nossa pesquisa, pelas pessoas que ajudamos... por tantas coisas tão maiores do que nós mesmos."

"Será mesmo?", pensei com meus botões.

Gus estava escorregando pelo meu lençol, como costuma fazer muitas vezes, e de repente ergueu a mão segurando um pequeno botão rosa. "Dá para mim?", ele pediu. "Para que você quer isso?", perguntei. "Deve ter caído da minha camisola. Vou pedir para a mamãe costurar." "Dá para mim", ele insistiu, "você tem tantos... É para a minha coleção." Eu passei a mão no centro do meu peito para me certificar de que havia mesmo uma série de botões. "Você tem uma coleção de botões?", perguntei, achando aquilo muito estranho. Ele então pediu que eu esperasse um pouquinho e saiu saltitando do quarto. Greb estava ocupado observando as caixas de remédio que uma das irmãs deve ter esquecido sobre a mesa. Logo Gus estava de volta. Vinha como se estivesse carregando uma coisa muito pesada, mas suas mãos estavam aparentemente vazias. Quando ele chegou perto de mim, fez novamente aquele gesto circular com a mão e, como num passe de mágica, dezenas ou centenas de pequenos objetos apareceram flutuando no ar: botões, pedrinhas, clipes de papel, uma lixa de unha, um rolo de durex, grampos, um anel, moedas de vários tamanhos, papéis de bala, um dente de leite... Fiquei me perguntando como é que ele conseguia carregar aquele monte de coisas que juntas deviam ter umas cinquenta vezes o seu tamanho. "Essa é minha coleção de várias coisas", ele disse. "Mas coleção não deveria ser de coisas de um mesmo tipo?", eu falei. "Por exemplo, uma coleção de selos, uma coleção de moedas... Nunca vi uma coleção de coisas." "Pois então está vendo agora!", disse Gus. Poderia até considerar aquilo uma coleção de lixo, mas não quis ofendê-lo. Ele guardava tudo cuidadosamente na sua caixinha de matéria invisível que ficava escondida num cantinho debaixo da escada, entre o segundo e o terceiro andar.

Foi assim que descobri que os nonôs adoram acumular coisas, são muito ávidos (Galub não fora o único) e chegam a ser pães-duros também. "Está bem", eu disse por fim, "pode ficar com ele." Gus jogou o botão para cima dizendo: "Agora podemos ir, amigos!" "Com

quem você está falando?", perguntei curiosa. E ao fazer a pergunta, vi, como num lampejo, dezenas de gnomos enfileirados, com as mãozinhas para cima, como se estivessem carregando algo muito pesado. Pisquei os olhos para ver se não estava sonhando, e a imagem se desfez. Então entendi que Gus precisou pedir ajuda para trazer sua pequena grande arca até mim.
Vou me tornar uma especialista em GNs. Cada vez descubro mais coisas sobre eles. Agora está tarde e todos nós tivemos um dia difícil. Está na hora de descansar.
Dobra noc,

Anusha

15/9/02

Lala,

*E*squeci de comentar sobre a dona Henedina. Não sei se isso me ajuda ou atrapalha. Cheguei a pensar em como ela é folgada, mas por outro lado, talvez ela esteja me dando algumas boas oportunidades. Nos últimos dias ela tem me pedido para lhe fazer pequenos favores. Por um lado é um motivo para ela me tirar de dentro do museu, por outro é uma ajuda que facilita a vida dela. São pequenas coisas como entregar envelopes contendo procurações e solicitações, fazer cópias de documentos, retirar pequenos pacotes, recolher assinaturas, tudo dentro da

Santa Casa. Eu gosto de agradá-la para que ela encrenque menos comigo. No fundo, dona Henedina é uma boa pessoa, acabamos convivendo intensamente já que eu continuo passando bastante tempo no museu para poder ler o seu diário, pois como você bem sabe: "Daqui nada sai, só entra!" Conversamos sobre vários assuntos, ela me conta sobre a família dela, os filhos, os netos... evidentemente ela fala muito mais do que escuta, mas como acontece com todas as pessoas assim, me considera um ótimo interlocutor. Eu não tenho problema em ajudá-la, se ela puder colaborar comigo também. Como diria minha mãe: "Uma mão lava a outra."

É pena que não possa compartilhar com ela as dúvidas que compartilho com você. Às vezes me pergunto se dona Henedina teria me ofertado esse diário de propósito. Quer dizer, será que ela conhece o conteúdo dos relatos que estão aqui? Já fiquei observando à distância algumas vezes as visitas guiadas ao museu, quando ao final do roteiro ela sempre mostra algum registro escrito para uma pessoa do grupo folhear. Terá sido obra do acaso justamente o seu diário ter vindo parar na minha mão, só porque tenho uma letra "M" plantada no meio do meu nome? Me ocorreu uma ideia engraçada: talvez o espírito da pessoa que escreveu aquele registro fique vagando por lá até escolher alguém para receber as suas informações. Então a dona Henedina é apenas uma mensageira. Será que você (ou sua alma) me escolheu? Deixe para lá, você deve estar pensando que eu sou um maluco completo.

Os pequenos serviços que tenho realizado para dona Henedina me permitem circular com mais desenvoltura pelas dependências do hospital e tentar dar continuidade à minha investigação. O episódio com o segurança me deixou bastante tenso, e sempre acho que tem alguém de olho em mim. Mas tendo a desculpa de estar "trabalhando" para o museu, fico mais à vontade para ir e vir. Por ora vou continuar ajudando essa boa senhora, acabo de concluir que vale a pena. Enquanto isso, sigo pensando no que quero fazer da minha vida.

Do widzenia,

Tadev

São Paulo, 5 de novembro de 1931.

Querido Max,

Hoje à tarde estava conversando com Gus e Greb sobre os pacientes do hospital quando me ocorreu perguntar a eles: "Por que vocês se interessam tanto pelos olhares das pessoas?" Para minha surpresa, Gus respondeu assim: "Nos interessamos pelas pessoas, o olhar é o reflexo do que a pessoa é." E em seguida Greb continuou: "É fascinante como um simples olhar, desde que bem interpretado, pode revelar uma riqueza de características que permitem definir precisamente a pessoa. E ao mesmo tempo, expressar sua natureza mais profunda." Achei que desta vez eles não estavam brincando.

"Vocês vão ter que me dar um exemplo", pedi. Gus e Greb entreolharam-se, hesitantes.

"Bom dia, que lindo dia!" Naquele exato momento, o Ciclista passava pela porta do quarto, acho que ele também já esqueceu a tristeza causada pela partida da Dona Uva-Passa.

Eu olhava de Gus para Greb e de Greb para Gus. Finalmente os dois disseram juntos: "Está bem." Em seguida, Greb começou a falar.

"Mas antes eu preciso falar sobre as zugbas", disse ele. "Zugbas?", perguntei. "O que são?" "A zugba é a proporção de uma quantidade", explicou Greb. "Vocês calculam a porcentagem das coisas, nós usamos as zugbas, o que torna nossa vida bem mais fácil." Eu ainda não estava entendendo muito bem. "Veja suas mãos", ele disse. "O que as minhas mãos têm a ver com isso?", perguntei. "Faça o que estou dizendo, você vai entender." Levantei então minhas duas mãos e olhei para elas. A imagem que eu via era bem desfocada, mas trazendo-as bem perto do inventóculos pude enxergá-las um pouquinho melhor. "O que você está vendo?", indagou Greb. "Minhas mãos embaçadas", respondi sem hesitar. "Certo", continuou ele, "e o que mais?" "Mais nada", eu disse. Greb balançou a cabeça, como se estivesse perdendo a paciência. "Olhe bem: o que tem nelas?" "Cinco dedos em cada uma", respondi. "Ah!", exclamou ele, "finalmente você começa a entender!" "Mas e daí?" Tudo aquilo não estava fazendo o menor sentido para mim. "E o que tem em cada dedo?", ele perguntou. Eu disse que não sabia. Ele insistiu, mas eu realmente não sabia o que ele queria que eu respondesse. "Unhas", arrisquei dizer. "Muito bem. Mas não é só isso." Nesse momento, Gus, não aguentando mais ficar calado, falou: "Você nunca ouviu falar em falange, falanginha e falangeta?" De fato, eu já tinha aprendido sobre esses pequenos ossinhos dos dedos na escola. Greb olhou feio para o amigo, evidenciando o quanto não tinha gostado da intromissão. E resolveu terminar a explicação sem mais demora. "Observe que são 28 falanges ao todo, sendo 14 em cada mão. São três em cada dedo tirando o dedão, que tem apenas duas. Nossa proporção utiliza frações de 28. Ou seja, cada zugba equivale a 1/28. Não é muito mais simples?"

Naquele momento, tive certeza de que Greb não regulava muito bem. Mas o curioso é que Gus pareceu concordar com ele, pela primeira vez na vida, e ficou acenando com a cabeça. "Agora você terá seu exemplo", ele falou, me olhando de lado. E Greb retomou a palavra:

"Veja o seu Ciclista, por exemplo. Ele acaba de exprimir um olhar positivo (essa é sua característica principal), positivo-alegre, cinco zugbas melancólico, sete zugbas amargo, um tanto amistoso e com uma vírgula de ressentimento." "Sei", eu disse, tentando pensar no que ele acabara de dizer. "E você viu tudo isso?" "Ah", disse Gus, "essa é nossa especialidade! Desde crianças aprendemos a decifrar os olhares humanos. Eu mesmo nunca ganhei uma competição, mas posso afirmar que também não fico entre os piores!" "Uma competição?", eu perguntei. "É, nós costumamos competir para ver quem desvenda um olhar mais rapidamente", explicou Greb. "Eu já ganhei duas menções honrosas."

Mas eu ainda estava pensando no olhar do Ciclista. Afinal, era amargo, alegre ou ressentido? Achei que não poderia ser tudo isso ao mesmo tempo. Mas eles me explicaram que era, sim. Disseram que os humanos são "contradições ambulantes", parecia até o tio Valódia falando. Daí me lembrei que eles tinham falado de uma característica principal.

"Todo mundo tem uma", garantiu Gus. "É ela que permite enquadrar a pessoa numa categoria, senão ficaríamos loucos!" Como se eles ainda não o fossem... Eu perguntei quantas eram as categorias. "Onze", disse Gus. Eu olhei para Greb, que sempre discordava dos números do companheiro, mas dessa vez parece que ele tinha acertado. "Só?", eu perguntei, achando o número muito pequeno. "Só", respondeu Greb. "As categorias são 11, mas já temos mais de 365 olhares catalogados." 365? Esse número, sim, causava uma impressão.

Fiquei curiosa para saber qual era o tipo do meu olhar e perguntei a eles. "Espero que o inventóculos não atrapalhe a sua análise", eu disse. "De jeito nenhum!", falou Greb imediatamente. "Quer dizer, seu olhar é definitivamente muito especial, mas não existe desafio impossível para nós." Eu estava ardendo de curiosidade. "Diga logo, esse suspense me mata!" Gus tomou a palavra: "Olhar afirmativo, sem sombra de dúvida." "Só isso?", eu perguntei decepcionada. "Calma", falou Greb, "já chegaremos lá." E virando-se para o colega Gus: "Estou indeciso entre firme, decidido, caprichoso ou construtivo." "Não estou entendendo", disse eu já reclamando. "Você está nos atrapalhando!", resmungou Gus. "Não se intrometa, por favor!" Depois disso resolvi ficar quieta. Ouvi pedaços da discussão deles, até que finalmente, após alguns minutos, me deram o diagnóstico completo:

"Olhar afirmativo-decidido, com forte aspecto de expressivo, quatro zugbas amável, onze zugbas maroto e bastante maravilhado."

"Isso sou eu?", perguntei. "Sim, senhorita!", responderam os G e G. Vou ter que pensar um pouco mais para me enxergar nessa descrição. Perguntei por que eles tinham falado afirmativo-decidido como uma única coisa. Só então entendi que afirmativo era a categoria, uma daquelas 11 de que eles tinham falado antes, nas quais todo mundo se encaixa. Portanto, afirmativo-decidido deve ser, segundo eles, a minha característica principal. Mas dentro dessa categoria existem variações. É estranho ser reduzida a um monte de nomenclaturas. Eu gostaria de saber mais detalhes sobre isso.

"O que ela quer?", Gus virou-se para Greb, reclamando como faz quase sempre. "Uma lista dos olhares afirmativos?"

"Por que não?", eu fui logo dizendo. "Certamente isso me ajudaria a compreender melhor." "Então vamos lá", disse Gus, "eles são exatamente..." E começou a contar nos dedos como ele costumava fazer. "Sessenta e quatro, menos treze, mais cinco, vezes dezessete... dividido por trinta e um... igual a quarenta e três! É isso mesmo, quarenta e três!"

"Gus, seu pateta, não é nada disso!", acusou Greb. E virando-se para mim: "Ele nunca foi bom com números. São trinta, basta dizer isso. Trinta, pelo menos até o presente momento."

"E você não vai me dizer quais são?", perguntei.

"É para já!", disse ele. "Firme, decidido, desejoso..."

"Espere!", eu gritei. "Mais devagar que eu quero anotar!" E fui logo pegando minha escrevinhadora. Mas ele não quis esperar.

"Ardente, comprometido, improvisado, de supetão, caprichoso, empenhado, deliberado, meticuloso, de caráter, polido, intenso, sólido, pleno, enérgico, solidário, caloroso, confiante..." É óbvio que não consegui anotar tudo na hora, mas isso é o que consigo me lembrar. Enquanto Greb falava, sentado na ponta da minha escrevinhadora, Gus continuava contando nos dedos, como se quisesse entender o que tinha feito de errado. "... reto, direto, seguro, concordante, construtivo, resoluto, objetivo, prático, acentuado, estável."

Puxa vida, eu não sabia nem o que dizer. Mas infelizmente os G e G hoje tinham muito que fazer e eu tive que me contentar com "o reino das águas claras". Ainda bem que o Valentão veio me fazer companhia. Tive vontade de contar a ele sobre a pesquisa dos nonôs, mas faltou coragem. Será que ele entenderia? Não sei. Você é o único que conhece esses incríveis segredos, Max.

Dobra noc,

Anusha

16/9/02

Lala querida,

E realmente fantástico! Vou tentar escrever aqui o que eu creio entender de tudo isso, fazendo um breve resumo.

O que os nosocômios descobriram é que esta "máquina fotográfica" (que é o olho humano) não funciona apenas como registradora de imagens, mas possui também uma segunda função obscura que é a de expressar ou transmitir as características principais da pessoa, que vão desde os traços mais exteriores e instáveis da personalidade até o que há de mais profundo no homem (O que é? Como posso chamar? Poderia se falar talvez em alma?), e que pode permanecer intocado mesmo se toda a máquina, toda a personalidade/identidade e toda a memória da pessoa degenerar. É por isso que eles se interessam. E é isso o que está começando a me fascinar também.

Os GNs chegaram a uma classificação de 365 tipos de olhares que, na verdade, pertencem a 11 grupos. Eu diria que existem "níveis" de olhar. Como se o mesmo olho pudesse estar conectado a partes diferentes da pessoa, mais ou menos superficiais, mais ou menos profundas. Em momentos diferentes, expressam coisas, sentimentos diferentes. Talvez o nível mais profundo de todos seja permanente ou imutável, a essência mais íntima da pessoa, e os demais sejam "degradações", cada vez mais distantes da essência.

São formas ou comportamentos adquiridos, traços de personalidade e até cacoetes. O conjunto desses traços (analisados e calculados numa equação complexa) permite classificar a pessoa dentro de uma categoria. Cada categoria é como se fosse uma espécie de "signo" da astrologia, um conjunto de características comuns a um certo número de indivíduos. E esses "signos do olhar" são limitados, ou seja, existe uma quantidade limitada deles, na qual todos os seres humanos se encaixam (confirmando, são 11 ao todo). A continuar...

Mudando de assunto, acho que resolvi o problema do "Daqui nada sai, só entra" da dona Henedina. O que quero dizer é que ela tem me pedido com frequência para fazer cópias de documentos relativos ao museu. Tem uma copiadora que fica na Diretoria Técnica e que está quase sempre desocupada (tem outra na Superintendência, mas aquela não está funcionando muito bem). Dona Henedina conseguiu uma autorização para que eu possa utilizá-la e eu já aprendi a controlar todos os botões. Na verdade é bastante simples. Vou tentar fazer uma cópia do seu diário para que eu não seja obrigado a lê-lo apenas dentro do museu. Já pensou? Poderei levá-lo para casa se quiser e ter sempre comigo essa preciosidade. Talvez possa até colar algumas folhas aqui no meio das minhas próprias anotações como forma de organizar as informações de que dispomos. Espero que meu plano funcione! É só conseguir levar o diário disfarçadamente comigo, mas como é por pouco tempo, talvez ela não perceba. Além disso, quando saio numa missão dessas, em geral saio carregando vários livros, envelopes e uma bela papelada, de modo que não será difícil esconder o diário e fazê-lo passar despercebido.

Por hoje é só. Deseje-me boa sorte!

Do widzenia,

Tadev

São Paulo, 6 de novembro de 1931.

Querido Max,

Hoje tomei coragem e resolvi perguntar à tia Rosa e ao tio Valódia sobre os gnomos. Com a mamãe não adianta, sei que ela não acredita nessas coisas e não gosta quando fico perguntando muito. Mas pensei que (quem sabe?) os tios poderiam ter alguma informação sobre essas pequenas criaturas ou ao menos se interessar pelo assunto. No começo, tia Rosa quis saber por que eu estava perguntando, mas eu logo desconversei e falei que era por curiosidade. Ela disse que a curiosidade é uma característica muito nobre, que move as pessoas. Mas a mim não ajuda em nada, não me "move" a lugar nenhum. É até uma ironia, já que pareço uma boneca imóvel sobre o dormidor. Você sabe o que é ironia, Max? Tio Valódia adora usar essa palavra. Ele leu no dicionário que ironia é quando se usa uma palavra ou uma frase para dizer o contrário do que se quer dar a entender. Se ao menos eu fosse como a Emília, feita de macela, mas que saracoteia feito gente de verdade! No meu caso, não. É bem ao contrário: sou feita de carne e osso, mas condenada a ficar parada feito uma estátua de gente.

Tio Valódia disse que gnomos são seres que vivem na floresta. Disse que são bem pequenininhos (isso eu já sabia) e que moram no tronco das árvores. Disse também que a palavra gnomo vem de uma palavra grega que significa "aquele que vive dentro da terra". Mas aparentemente isso é tudo o que ele sabe sobre essas criaturas. "Existiam gnomos na Polônia?", perguntei. Sabe o que ele me respondeu? "Nunca tive o prazer de me encontrar com um." Perguntei se ele nunca tinha ouvido falar de gnomos que vivem na cidade e ele falou prontamente que não. "Isso não existe, minha raparigota (ele gosta de me chamar assim), o habitat deles é a floresta."

Eu também não sabia o que era habitat, mas ele me explicou que é o ambiente natural dos animais, onde eles encontram as condições naturais para sua sobrevivência. Você vê como é o meu tio? Tem explicação para tudo. Mas o tio Valódia que me desculpe, pois creio que em se tratando de gnomos ele está mal informado. Você e eu sabemos muito bem que existem gnomos na cidade, sim, especialmente nos hospitais. Eu queria tanto saber mais sobre eles... Será que você consegue descobrir alguma coisa?

Do widzenia,

da sua *Anusha*

18/9/02

Querida Lala,

Volto a dizer que não encontrei referência a qualquer tipo de gnomo urbano em lugar nenhum. Há referências aos quatro elementos, aos animais, uma série de superstições... mas nada de cidades, muito menos de hospitais. Continuarei atento a qualquer novo indício. No mais, acho que você vai ter que consultar diretamente G e G e ver o que eles têm a dizer sobre isso.

Tenho pensado bastante sobre a classificação dos olhares feita pelos GNs. Me parece que o estudo deles não se limita à anatomia do olhar, por exemplo a análise das íris que permite identificar os indivíduos, como se fosse uma impressão digital. É bem mais complexo do que isso. O olhar a que eles se referem tem uma ligação direta com o coração. Mas minha cabeça de médico pragmático ainda não conseguiu desvendar esse mistério.

Tadeu

São Paulo, 8 de novembro de 1931.

Querido Max,

Como não me restava alternativa, resolvi insistir com Gus e Greb em relação à história deles. Sei que vieram de um lugar frio, mas certamente há muito mais a conhecer. Eles não gostam muito de falar sobre esse assunto, mas hoje percebi que é porque não sabem o que dizer a respeito. Embora sejam muito palpiteiros, não gostam de falar sobre o que não sabem. E as histórias que contam sobre suas origens, sobre a travessia que fizeram de barco cruzando o oceano e de como vieram parar neste hospital chamado Santa Casa da Misericórdia de São Paulo são guardadas pelos gnomos mais velhos, que armazenam todo o conhecimento do clã.

Quando perguntei tudo isso, Greb não disse nada, apenas olhou para Gus, que deu uma risadinha marota, e os dois saíram saltitando pelo quarto. "Badaladas! Badaladas! Não esqueça jamais!" Fico me perguntando se eles escutam de fato o que eu digo. Às vezes parece que estou falando com as paredes.

Dobra noc,

Ana

19/4/02

Lala querida,

O golpe do xérox deu certo. Crime perfeito! Agora tenho uma cópia completa de tudo o que você escreveu. Estou pensando em passar meu diário a limpo. Veja só a minha ideia: posso colar cada apontamento seu numa folha separada, deixando espaço entre eles para anotar meus próprios comentários e considerações. Creio que desse modo a coisa ficará mais organizada. Quem sabe ajude a ter uma visão do conjunto. O mestre Villares sempre diz que olhar a mesma informação organizada de outra forma nos permite perceber coisas das quais não tínhamos nos dado conta antes.

Continuo esmiuçando a planta fornecida pela Estela, mas eu diria que esse trabalho está praticamente esgotado. Tirando a residência das irmãs e algumas áreas de cirurgias, UTIs e congêneres, que são realmente restritas, já estive em todos os cantos deste hospital. Não encontro nada. Nada, nada, nada! Se continuar assim, vou acabar me convencendo de que toda essa "suposta" realidade nada mais é que fruto da sua imaginação. Você seria capaz de me enganar assim, *Lala*?

Ou então... espere aí! Será possível que eles tenham saído daqui? Que, acreditando terem cumprido sua missão, tenham partido em busca de suas origens? Mas, nesse caso, para onde teriam ido?

Tadev

São Paulo, 11 de novembro de 1931.

Querido Max,

Eu mal tinha acabado de acordar, eram sete horas, sete badaladas, quando os dois coisinhas apareceram na minha frente. Pus o inventóculos apressadamente para poder vê-los melhor. "Surpresa!", exclamaram os dois em conjunto. Só então percebi que junto com eles havia um terceiro gnomo, bem mais baixinho (se é que isso é possível) e com um pelo muito comprido que cobria sua cabeça, parte do seu rosto e do corpo também. "Quem...", não consegui terminar a pergunta. "Muito respeito, menina", disse Gus, "este é um de nossos anciãos", completou Greb. Então o ancião começou a falar, com uma voz surpreendentemente forte e grave. "Quis ver com meus próprios olhos a menina que tem a máquina que permite enxergar os GNs." "O senhor quer dizer o inventóculos?", perguntei. Gus e Greb ficaram visivelmente agitados e aflitos: "Nunca interrompa um ancião, nunca interrompa um ancião." Achei melhor ficar quieta e simplesmente escutar o que ele tinha a dizer.

"Então é mesmo verdade!", exclamou o ancião, coçando o longo nariz. "Ela pode nos ver!" Milhares de pensamentos e perguntas passavam pela minha cabeça, mas eu tratei de manter minha boca bem fechada para não correr o risco de pôr tudo a perder.

"Você está interessada na nossa história, não é?", ele perguntou em tom de afirmação. "Pois bem, se é a história que você quer, a história você terá, afinal não é todo dia que somos flagrados por alguém da sua espécie. Desde os tempos de madre Maria Tereza, isso não acontecia, mas isso é outro episódio, de uma saga muito longa..."

Me acomodei melhor no dormidor para não perder nem uma palavra do que o ancião estava prestes a contar. Ele então começou seu relato mais ou menos assim:

"Há mais de cinco mil luas, os GNs (que ainda não tinham esse nome, naquela época eram chamados apenas de 'genómos')..." Fiquei espantada, pois esta fora exatamente a palavra grega usada pelo tio Valódia. Será que ele sabe mais do que quer fazer parecer? De todo modo, voltemos à história do ancião:

"Vivíamos num lugar muito frio, ao norte de um lugar a que os humanos chamam Europa." Eu queria perguntar sobre a Polônia, mas Greb ficava fazendo sinais que não me deixavam esquecer de que eu devia manter-me calada. "A vida lá era muito dura, sobretudo em função das baixas temperaturas que nos obrigavam a proteger nossos corpos com materiais que prejudicavam a nossa invisibilidade, colocando nossa vida em perigo." Fiquei pensando que essa parte da história eu já conhecia, era exatamente o que Gus e Greb tinham me contado um dia desses. E então, como se o ancião estivesse lendo meus pensamentos, ele disse assim: "Mas vejo que a menina não está interessada nessa parte da história." Pensei que o que eu queria mesmo saber era o que tinha acontecido depois que eles vieram para cá nos navios.

"Vamos contar logo o que aconteceu depois que desembarcamos das caravelas, cinco mil luas atrás."

Foi impressionante a maneira como o velhinho adivinhou o que eu estava pensando. Eu nunca vi nada igual.

"Entre os gnomos, éramos chamados de pigmeus, pois nossa estatura era bem menos avantajada do que a da maioria dos gnomos. Livres de todas as nossas camadas protetoras que haviam nos sufocado por anos, décadas, séculos a fio, chegamos felizes à costa desse país a que vocês chamam Brasil. Claro que naquela época ele ainda não tinha esse nome, era a primeira vez que europeus vinham até aqui. A vegetação era exuberante, encontramos inúmeros animais muito diferentes daqueles que conhecíamos, além de seres humanos muito particulares, que eram chamados de índios. Nos sentimos muito acolhidos por esses seres que, ao contrário das pessoas que habitavam a Europa, tinham um olhar puro e direto, como se não conhecessem o significado da palavra mentira. Imediatamente nos identificamos com eles, nos instalamos em sua taba e passamos a viver ali. Convivíamos muito pacificamente. Em algumas ocasiões, como em festas e comemorações especiais, das quais fazíamos questão de participar, muitos deles, depois de horas de dança e festejo, chegavam a nos ver da maneira como você está nos vendo agora. Uma qualidade particular no olhar deles lhes permitia por vezes driblar nossa invisibilidade. Foram anos de uma vida muito tranquila. Mas infelizmente esse período estava destinado a acabar. Como tudo na vida de nosso clã. Somos gnomos nômades, de certa forma, nossa vida é feita de encontros e desencontros, de fugas e perseguições, dispersões e reuniões. Não podemos nem devemos nos apegar ao lugar em que vivemos, os mais velhos nos ensinam a organizar nossos pertences mais valiosos de modo que caibam no nosso cinturão da integridade para que possamos abandonar qualquer local em poucos minutos. Nossa vida depende disso. Nunca se sabe quando virá a próxima diáspora. O perigo é uma constante para nós."

O ancião foi muito gentil em fazer uma pausa na sua história enquanto eu tomava o café da manhã, que engoli bem depressa, com medo de que ele fosse embora. Assim que terminei, ele retomou seu relato:

"Acontece que os europeus perseguiram os índios e consequentemente a nós também. Esse contato com os homens brancos foi fazendo com que, aos poucos, aquele olhar dos nativos que tinha nos encantado tanto inicialmente se tornasse um olhar banal como o de todos os outros homens. Vivemos de aldeia em aldeia, tentando escapar durante muito tempo. Nossa sorte é que esses homens não tinham conhecimento da nossa existência – não era em nós que estavam interessados. Com o tempo a população dos índios foi diminuindo, foi sendo assimilada e viver naquelas matas perdeu o sentido para nós. Queríamos cada vez mais estar próximos aos homens para poder estudar esse mistério que é o seu olhar, e isso foi nos levando naturalmente para as cidades."

Às vezes, quando o ancião falava, parecia o tio Valódia. Será que esse jeito de falar é coisa de gente velha? Não sei, não.

"Uma vez na cidade, descobrimos os hospitais, que se tornaram uma boa moradia para nós por vários motivos: grande concentração e rotatividade de pessoas, presença marcante de crianças e recém-nascidos, ambiente silencioso, ausência de animais e inúmeras outras razões que não cabe aqui descrever. Isso tudo aconteceu há mais de quatro mil luas. Mas até hoje temos saudades daquele tempo. Uma nostalgia que não podemos evitar. Alguns de nossos irmãos preferiram ir para o norte do país, à procura de tribos que vivessem mais recolhidas e onde pudessem sobreviver nas matas. Mas infelizmente nunca soubemos o que aconteceu com eles. Desapareceram sem dar notícia. A partir daí adotamos a alcunha de *Gnomus nosocomium* ou, se preferir, GNs. E aqui estamos, até a próxima diáspora que pode acontecer a qualquer momento." Então ele se abaixou e disse num sussurro: "Na verdade, já sabemos que está prestes a acontecer." E deve ter percebido meu olhar de piedade, pois continuou: "Não me dirija esse olhar, há males que vêm para o bem. Será nossa oportunidade de tentar nos reunir novamente com nossos irmãos na floresta." E assim o ancião, que a essa altura já estava praticamente sem fôlego de tanto falar, terminou sua narração. "De nada, sua mal-agradecida!", falou Greb no seu tradicional mau humor. Eu estava tão empolgada que de fato tinha esquecido de lhe agradecer. "Você tem muita sorte! Nós precisamos esperar 29 dias por uma história, por vezes bem mais curta do que essa." "Obrigada, de coração", disse eu já um pouco envergonhada. "Está bem, está bem! Chega de pieguice!", resmungou Greb. O velho, do alto de sua sabedoria, me disse: "Seus olhos já me agradeceram, desde o primeiro momento. Não preciso de palavras, querida menina que em breve vai mudar." Parece que quando contaram ao ancião sobre mim ele quis vir logo. Não sei se ficou com medo de que eu saísse do hospital antes de conhecê-lo, ou de que ele mesmo morresse, pois Greb disse que ele é tão velho que lhe restam apenas poucas luas de vida. Mas deixou bem claro que esse encontro deveria ser mantido em absoluto segredo (como tantas outras coisas...), pois os demais anciãos do clã não tinham conhecimento de sua visita. Obviamente concordei com tudo, mas às vezes fico cansada de tanto segredo.

Desculpe se omiti alguma parte da história, tentei ser o mais fiel possível às palavras do ancião. Se lembrar de mais alguma coisa, lhe aviso.

Do widzenia,

Anusha

20/9/02

Querida *Lala*,

*P*reciso de um tempo para digerir tudo o que você está me contando. Não dou conta de registrar tantas informações de uma só vez. Parece brincadeira, já cansei de ler e reler seu diário, mas a cada ocasião parece que o estou lendo pela primeira vez!

Por enquanto três coisas me chamam a atenção.

Em primeiro lugar, a menção de uma certa madre Maria Tereza, que teria tido algum contato com os GNs. Então você não foi a primeira. Será que existe algum registro dessa mulher?

Segundo, talvez os GNs não estejam mais aqui. O ancião pareceu categórico a esse respeito. Falou em reencontrar os irmãos na floresta. Será que é para lá que eles foram?

A terceira coisa que notei é que os gnomos pigmeus, como eles mesmos se intitularam um dia, devem ter chegado ao Brasil na época do descobrimento, ou seja, cerca de 1500. Não seria engraçado se eles tivessem vindo na esquadra de Cabral?

Doutor Tadeu, em processo de digestão

São Paulo, 12 de *novembro* de 1931.

Querido Max,

*N*ão sei que horas são, estou sem sono. Fiquei muito honrada com a presença do gnomo velhinho no meu quarto. Queria ter perguntado a ele sobre os olhos azuis. O Doutor Fuinha disse que ainda não é possível mudar a cor dos olhos da gente. Mas eu pensei que os nonôs, que são tão entendidos em olhares, poderiam saber alguma coisa desse assunto. Vou perguntar para Gus e Greb da próxima vez que aparecerem por aqui. Max, qual será a cor dos seus olhos?

Anusha

21/4/02

Querida *Lala*,

*S*e você quer saber, meus olhos são verdes acinzentados. Não creio que isso faça alguma diferença com relação ao tipo de olhar, segundo os GNs, mas sugiro que você pergunte diretamente a eles.

Tadeu

São Paulo, 13 de *novembro* de 1931.

Querido Max,

E e G disseram que a cor dos olhos da pessoa é "irrelevante", foi essa a palavra que eles usaram. Quer dizer que não tem importância ou tem pouca. Eles disseram que meus olhos são muito especiais, não entendem a razão de eu querer mudá-los. Na verdade, nem eu mesma entendo isso muito bem.

O Doutor Senhorita disse hoje que eu estou melhorando, ele acha que daqui a alguns dias poderei sair do dormidor e dar uma volta pelo hospital numa cadeira rolante. Não é o máximo? Espere aí, será que ele está dizendo a verdade? Com esses doutores a gente nunca sabe... Seria muito bom... Vou fingir que acredito, assim pelo menos eu passo o dia mais contente!

Anusha

P.S.: Acabei de perguntar a Greb e Gus o que eles achavam da afirmação do Doutor Senhorita. Eles disseram que as palavras do doutor revelam uma intenção, um desejo, e que ele realmente acredita no que diz.

Dessa vez não houve dissimulação alguma de sua parte. Ah, Max, será que minha sorte está mudando?

22/9/02

Lala,

Tem dias em que a dona Henedina é tão espaçosa que dá raiva! Só porque concordei em fazer alguns serviços para ela agora a velha pensa que estou à sua disposição. Ela manda e desmanda a seu bel-prazer. Fica me arrumando coisas para fazer a tarde toda. Sei o quanto é importante agradá-la, não posso jogar tudo para o alto. Mas agora que tenho a pista dessa tal madre Maria Tereza, não me sobra tempo para segui-la. Parece brincadeira... Desculpe o desabafo, Lala, mas se não falo com você, vou falar com quem?

Tadev

São Paulo, 15 de novembro de 1931.

Querido Max,

Hoje Gus e Greb chegaram muito animados, dizendo que ontem havia sido dia de contação de histórias para os nonôs. Sabe aquele dia, ou melhor, aquela noite, a cada 29 dias, em que todos se reúnem e os anciãos contam histórias? "Por que vocês não me convidaram?", perguntei em tom de reclamação. "Você não pode sair da cama", disse Gus. "Não precisava me lembrar disso!", eu disse, chateada por ter perdido uma oportunidade dessas. "Será que o velhinho que esteve aqui outro dia vai voltar?", perguntei. "Se eu fosse você não contaria com isso", disse Greb. "Ele está muito enfraquecido... Você teve uma sorte tremenda, isso acontece uma vez na vida!", falou Gus. "Devia dar-se por satisfeita. Além disso, você sabe que não estamos autorizados a conversar com humanos como você", continuou Greb, já tentando me acusar. "Está bem, já me disseram isso antes. Mas eu continuo sem entender muito bem. Afinal, vocês conversam comigo todos os dias." Greb olhou para Gus e balançou a cabeça, numa atitude que me deixou extremamente irritada. "Qual o problema?", perguntei, já disposta a mandá-los embora do quarto. "Vocês não conversam com outras pessoas no hospital?" Gus teve um sobressalto. "É claro que não! Mas você já devia saber disso, sua desmiolada!" Aquilo foi a gota d'água. "Pois então até logo, ponham-se daqui para fora!", eu disse, com toda a segurança. Deu para ver que eles ficaram perplexos com a minha reação, não esperavam uma coisa dessas. Mas, tenha dó, me chamar de desmiolada foi demais! Se são eles que não falam coisa com coisa! Percebi que eles começaram a se dirigir bem devagarzinho para a porta, e virei o rosto. Nem dois segundos tinham se passado quando me lembrei de uma coisa que o velhinho tinha falado. Ele falou de uma freira que conversava com os nonôs. Então eles falavam, sim, com outras pessoas. "Parem onde estão!", eu gritei do meu dormidor. "Vocês estão mentindo para mim. Voltem aqui." Os dois saltaram imediatamente para cima do meu nariz. "Obrigado, obrigado", disse Gus. "Muitíssimo agradecido", falou Greb, "farei qualquer coisa por você!" Esses nonôs são mesmo malucos. "Eu os chamo de mentirosos e vocês me agradecem? O que isso quer dizer?", eu realmente não estava entendendo patavina. "Você não entende, se nos acontece de sermos expulsos por uma pessoa a quem devemos servir, nossa sina está traçada: seremos expulsos do clã." Greb estava quase chorando. "Obrigado por nos perdoar..." "Não seja tão dramático", falou Gus, "já está feito."

Perguntei então sobre aquela tal freira que conversava com os nonôs. "Estou cansado dessa sua sorte", disse Gus. "Na verdade ele morre de inveja de sua boa estrela", sussurrou Greb. "Não sei que tanto vocês falam em sorte: por acaso chamam de sorte passar meses amarrada a um dormidor?" Mas logo Gus retomou a palavra, dizendo: "Ontem, na contação, essa foi uma das histórias, a de madre Maria Tereza." Pedi então que eles me contassem tudo, tim-tim por tim-tim. E isso foi o que me disseram:

Muito antigamente, há algo como 600 ou 700 luas, alguns gnomos velhinhos costumavam conversar com pessoas nos hospitais. Não era frequente, mas acontecia. Isso se dava geralmente à noite, com algumas das irmãs mais velhas também, que moravam numas casinhas isoladas, situadas no alto do prédio da Santa Casa. Era um segredo de velhinho para velhinho, que eles compartilhavam com essas irmãs.

Toda a confusão começou quando uma das freiras, chamada irmã Maria Tereza, resolveu anotar os tipos de olhares revelados pelos gnomos. Ela anotou, sem contar a ninguém, tudo em um caderno, os 11 grupos principais e os 365 tipos de olhares. Esse caderno, que ela intitulou de "um olhar para cada dia do ano", só foi encontrado após sua morte. Ele foi divulgado na Santa Casa em sua homenagem e, na ocasião, as irmãs pensaram que não se estabeleceria relação entre o caderno de irmã Maria Tereza e os GNs.

Porém, de alguma forma, as notícias correram, as pessoas começaram a comentar, a diretoria do hospital e o conselho dos médicos ficaram preocupados que esses boatos prejudicassem a imagem do hospital. Algumas outras irmãs que não sabiam de nada sentiram-se traídas. A segurança começou a vigiar a residência das irmãs, que se sentiram muito ofendidas com isso e obviamente negaram e desmentiram tudo. Mas os diretores insistiram em investigar e chegaram a acusá-las de bruxaria. Toda essa situação causou sérios abalos à comunidade da Santa

Casa, que levou um longo tempo para se estabilizar novamente. Por questão de sobrevivência, os GNs proibiram terminantemente qualquer contato direto com homens ou mulheres no hospital.

"Por isso evitamos tanto ser capturados por um olhar", disse Greb. "Mas infelizmente aconteceu conosco, talvez tenhamos nos arriscado demais", completou Gus. "Ficamos presos no inventóculos e nos deixamos ver por uma criança que mal enxerga... nos deixamos 'cair em tentação', como dizem as irmãs."

Achei melhor desconsiderar essa última parte e engoli em seco para não encrenar com eles de novo. Estou cansada de briga. Depois que o Léo saiu daqui ontem eu fiquei tão chateada... Ele quase nunca vem me ver durante a semana, por causa da escola e tudo o mais, e quando ele veio... nós brigamos. Se você me perguntar, nem sei direito o motivo. Provavelmente alguma besteira. Ele maltrata a Daisy e fica me contando só para me provocar. Eu também não tenho sangue de barata! Sinto tanta falta da minha gatinha...

"Mas o que aconteceu com esse tal caderno de 'um olhar para cada dia do ano'?", perguntei, lembrando-me de meus pequenos amigos. Gus disse que ele permaneceu por algum tempo nos arquivos da Santa Casa, em homenagem à sabedoria da madre Maria Tereza. Mas alguns gnomos precavidos trataram de escondê-lo nos montes de livros dos arquivos antigos do hospital, onde ninguém nunca encontrará, evitando assim dores de cabeça futuras para sua espécie.

Bem, acho que por hoje é só.

Dobra noc,

Anusha

23/4/02

Uau!!!!!

Quer dizer que esse livro ainda pode estar por aqui? Imagine só, o registro dos 365 olhares, prontinho para ser descoberto? Pode deixar que amanhã mesmo irei atrás dele.

Tadev

São Paulo, 16 *de novembro de* 1931.

Querido Max,

Estive pensando. Sabe qual o primeiro lugar aonde vou querer ir quando puder andar na cadeira rolante? Na morada dos nonôs, ou seja, naquele depósito em que guardam objetos antigos, livros, documentos, onde eles gostam tanto de ficar. Mal posso esperar! Se o Valentão ainda estivesse aqui, poderia ir comigo... Poderíamos passear juntos nas nossas cadeiras. Mas, pensando bem, não sei se ele ia gostar de ir lá. Nunca contei para ele sobre os gnomos. Não sei se ele seria capaz de vê-los.

Greb diz que as crianças são capazes de enxergar os gnomos, mas só até completarem o primeiro ciclo de 12 luas. "Todas elas?", perguntei, quando ele me disse isso. "Absolutamente todas", ele afirmou. "Sem exceção?", perguntei. "Sem nenhuma exceção", disse ele, com muita segurança. "Tirando os cegos, é claro. Mas estes têm uma maneira particular de se relacionar com as coisas." Engraçado, não é? "Mas por que elas deixam de enxergá-los depois de completarem um ano?", perguntei. Ele disse: "Essa é uma ótima pergunta." Mas não me respondeu.

Sei que os nonôs são muito ligados nos olhares das crianças, especialmente em hospitais; esse foi um dos motivos que os atraiu para cá. Eles acham que o olhar das crianças é o que há de mais parecido com olhares dos índios, que eles tanto apreciaram um dia.

Mas parece que quanto mais eles me explicam sobre essa questão dos olhares, menos eu entendo. Agora vou dormir e sonhar com um olhar de criança gnomo.

Dobra noc,

Anusha

24/9/02

Lalusha,

Realmente essa questão dos olhares permanece um mistério para nós. Mas o fato de as crianças deixarem de ver os gnomos após seu primeiro aniversário faz algum sentido para mim. Uma vez li, não me recordo bem onde, que as crianças recém-nascidas têm uma lembrança do além, ou de onde elas estavam antes de virem para este mundo, e têm um conhecimento muito profundo da vida. Depois de certo momento, elas esquecem tudo. Talvez o que você diz tenha relação com isso. No momento em que começam a falar as primeiras palavras, revelam uma articulação mental associativa e de raciocínio lógico que afasta toda e qualquer possibilidade de contato com essa outra realidade. Quando são bem pequenas, ainda não adquiriram "bloqueios" psicológicos e, sendo assim, funcionam mais ou menos conscientemente nos mundos invisíveis. Podem ver os gnomos e devem poder ver muitas outras coisas com as quais nós nem podemos sonhar.

Continuarei pensando nisso,

Tadeu

São Paulo, 19 de novembro de 1931.

Querido Max,

Hoje acordei e foi como se o mundo estivesse mais colorido. Antes mesmo de colocar o inventóculos eu consegui ver a "porquinha rosada" que tem sido há alguns dias minha companheira de quarto. Já lhe falei dela? É uma bebezinha gorducha e cor-de-rosa que parece uma porquinha... Olhei na direção da janela e vi muito claramente o jacarandá mimoso que está dando perfumosas. Chamei a mamãe, que estava no banheiro se lavando, e ela veio correndo. Quando contei a ela que estava enxergando novamente, ela me abraçou e disse que ia mandar avisar ao Doutor Fuinha. Não estou enxergando perfeitamente, longe disso, mas, perto da penumbra que tem sido ultimamente, isso é muito animador. Max, finalmente eu estou melhorando! Agora acredito novamente que vou ficar boa algum dia.

Doutor Fuinha já me examinou e parece ter ficado muito satisfeito. Deu uma explicação para a mamãe, disse que "o coágulo dissolveu" e não sei mais o quê, nem me interessa. O que interessa é que EU VOU FICAR BOA!

Do widzenia, Max, pois agora tenho muitas coisas para olhar!

Anusha

27/9/02

À s vezes acho que estou trabalhando em vão. Estou quase certo de que é mesmo impossível detectar qualquer vestígio gnomístico hoje em dia no hospital. Duvido que ainda estejam por aqui. Falam tanto em diáspora, em perseguições... Além disso, penso que antigamente os médicos e as enfermeiras ofereciam mais olhares aos doentes do que hoje em dia. Isso talvez fosse interessante para a pesquisa deles. Sim, porque, apesar de tudo, eles possuem um interesse e um objetivo primordial muito claros. Atualmente os médicos tratam dos enfermos e às vezes sequer dirigirem o olhar diretamente a eles. Essa "impessoalidade" é algo que tem me incomodado bastante desde que comecei o curso. Não é essa a ideia que eu fazia, e ainda faço, da medicina. O pessoal olha muito atentamente para aparelhos e papéis e pouquíssimo para as pessoas. Como a mim, isso deve causar certa desilusão aos GNs.

Outra coisa que me incomoda muito é a presença dos computadores (para onde os médicos, enfermeiras, atendentes ficam olhando fixamente) e também das televisões, espalhadas por todos os cantos do hospital. Dá a impressão de que ninguém se relaciona, pouco se conversa. Mesmo quando o paciente tem acompanhante, ambos ficam olhando hipnotizados para a TV do quarto coletivo.

É tudo tão impessoal... Às vezes me lembro de um sonho que tinha antes de vir para cá, quando pensava em meu futuro como médico. Além da obstetrícia, ou talvez junto com ela... É um desejo de trabalhar com medicina natural, buscar caminhos alternativos, estabelecer uma relação mais humana e direta com os pacientes, atender comunidades necessitadas... Uma vez li o relato de um sertanista que era médico de formação e aprendeu muito sobre a capacidade curativa do ser humano durante o período em que conviveu com os índios. Quem sabe na selva encontro algum *Gnomus nosocomium* transformado em *Gnomus naturae*? Será que estou viajando?

Tadeu

São Paulo, 21 *de novembro de* 1931.

Querido Max,

A̸cho que Gus e Greb devem estar muito ocupados nesses últimos tempos. Ou então se cansaram de mim. Se cansaram de "me servir", como eles dizem. Não os tenho visto muito. Para falar a verdade, mesmo quando estão aqui tenho dificuldade em vê-los. Parecem tão pequenininhos... É como se tivessem encolhido ainda mais. E se confundem com as dobras do lençol, com a sombra que a veneziana projeta no quarto. Tem feito muito calor nesses últimos dias e nós precisamos deixar as venezianas fechadas. Quase todos os amigos que fiz no hospital já saíram daqui. Tirando o Ciclista, que parece que vai morar aqui para sempre, coitado! Ainda bem que ele aparentemente não se incomoda muito com isso.

Não sei se contei que, quando a Irmã Polegarzinha terminou de ler *As Reinações de Narizinho*, o Valentão já tinha ido embora. Vou ver se peço a uma das irmãs para mandar o livro de presente para ele, assim ele poderá saber como a história termina. Eu gostei tanto do livro que falei para o tio Valódia e ele trouxe outro livro do mesmo autor chamado "O saci", que é a história de um diabinho brejeiro que mora lá perto do sítio onde vive a menina do narizinho arrebitado. Vou guardar para ler assim que eu puder fazê-lo sozinha!

Outro dia, Gus me contou uma história bem curiosa. Eu não estava conseguindo enxergá-lo direito e isso estava me deixando muito aflita. Então pedi para ele ficar falando comigo para eu saber que ele estava ali. Como falar para ele não é problema, aliás tampouco para Greb, ele me disse o seguinte: "Vou lhe contar uma história triste, se você não se importar." Eu disse que me importava, pois a minha vida estava bem triste e eu preferia escutar histórias divertidas. Ele pensou um pouco, mexendo os dedos das mãos como se estivesse fazendo contas. "Vou contar assim mesmo. É a história dos gnomos surdos. Aposto que você não conhece." Eu tentei ainda argumentar, mas Gus me interrompeu, dizendo que eu estava sendo indelicada e preconceituosa, e que era muito feio não gostar de alguém só porque ele é surdo. "Não é nada disso", eu disse, "é só que..." Mas logo percebi que não adiantava me justificar. Eu nunca vi um gnomo tão teimoso como esse! Consegue ser pior que o Léo, e olha que isso não é nada fácil.

"Está bem", eu disse, como que resignada, "vamos aos surdos." Gus começou seu relato dizendo que há muitos anos um grupo de GNs liderados por um gnomo gorducho chamado Aslag começou a se interessar especialmente pelos olhares das pessoas que frequentavam a capela aqui da Santa Casa. Para começar eu nunca tinha ouvido falar de um gnomo gorducho, mas isso não é o mais importante. Esses gnomos queriam estudar de perto os olhares daquelas pessoas, que eles consideravam carentes, inseguras e ao mesmo tempo cheias de esperança. Eles passavam os dias e as noites na capela, saindo apenas para reabastecer seus respectivos cinturões da integridade. Por questões de segurança, dois deles, chamados de Gil e Sob, ficavam encarregados de permanecer empoleirados no sino da igreja, com a intenção de avisar a parentada em caso de perigo, fazendo soar uma badalada fora de hora. Porém, as vibrações das badaladas que soavam de hora em hora eram tão fortes para seus minúsculos e frágeis ouvidos que aos poucos eles foram ficando surdos, sem se dar conta disso. Até que finalmente perderam completamente a audição. Um belo dia, quando os outros gnomos os chamaram para avisar que era preciso soar uma badalada de alerta, eles não escutaram o apelo. Aslag e os outros, vendo que Gil e Sob não reagiam aos seus chamados, resolveram subir ao sino para fazer justiça com as próprias mãos, ou seja, fazer soar o sino. Acontece que eles eram muito numerosos, e você não sabe a força que tem um gnomo decidido e determinado a fazer alguma coisa. Todos juntos fizeram uma força tamanha que o sino soou, sim, mas soou com uma intensidade jamais vista. A força das vibrações foi tão vigorosa que os ouvidos dos gnominhos pigmeus não puderam suportar. De modo que Aslag e

todos os seus companheiros ficaram surdos também. Gil e Sob, que há tempos não escutavam nada, não entenderam uma pinoia do que estava se passando. Os amigos, ainda tontos, foram despencando um por um e só não se esborracharam no chão porque havia um carrinho levando roupas que estava exatamente estacionado debaixo do sino. Apesar do susto, os gnomos conseguiram escapar, mas todos eles ficaram surdos para sempre.
Você vê que a vida dos gnomos pode ser bem perigosa.
Agora me dê licença, pois o meu almoço está chegando.
Você não sabe o prazer que é comer sem o inventóculos.
Do widzenia,

Anusha

30/9/02

Querida *Lala,*

Faz algum tempo que não escrevo, pois incumbi a mim mesmo de uma missão muito especial: localizar essa tal madre Maria Tereza que um dia teve contato com os GNs. Passei os últimos dias revirando o museu de ponta a ponta e tentando não chamar a atenção de dona Henedina. Disse a ela que os livros e documentos estavam muito empoeirados e que o museu estava precisando de uma boa limpeza. Ela disse que ia reclamar com os empregados, e eu argumentei que era arriscado deixar documentos tão valiosos e delicados nas mãos do pessoal da limpeza. Me prontifiquei a cuidar dessa faxina pessoalmente. A justificativa pareceu boa e ela aceitou minha oferta, ainda agradecendo muito. "Uma mão lava a outra, não é mesmo?", ela disse, fazendo-me lembrar de minha mãe. Com certeza estava se referindo ao fato de ter me ajudado (do ponto de vista dela) a me desenterrar do museu, me fazendo circular pelo hospital com seus pequenos serviços. Ela que pense o que quiser!

O fato é que parece que finalmente encontrei alguma coisa. No fundo de um arquivo, um caderno castigado pelo tempo e com as folhas amareladas. As inscrições apagadas sobre a capa empoeirada. É como se fosse uma agenda, com nomes de santos e tipos de olhares para cada dia do ano. Será que uma coisa tem relação com a outra ou a madre simplesmente usou os santos como um subterfúgio para não atrair a atenção, o que evidentemente não conseguiu evitar?

Como diria Raul: "Quem não tem visão bate a cara contra o muro." Vamos ver o que consigo extrair disso.

Do widzenia,

Tadev

São Paulo, 22 de novembro de 1931.

Bom dia, Max, está um lindo dia lá fora, e agora posso ver!

Gus e Greb têm me visitado pouco ultimamente. Sabe que sinto saudades deles? Às vezes, só às vezes. É que tenho tantas coisas para olhar agora... Max, sinto que estou melhorando a cada dia. A paisagem lá fora fica mais clara, o rosto das pessoas cada vez mais definido, ontem consegui até ler as letras grandes do jornal do papai. Estou tãããããããããão contente!!!!!!! Papai tirou uns dias de folga para ficar comigo. Estamos achando que vou conseguir participar da formatura. Já pensou? Já soltaram um pouco as amarras das minhas pernas de modo que agora consigo dobrar os joelhos e mudar um pouco de posição no dormidor. Uma vez por dia tenho recebido a visita de um novo doutor que faz massagens nas minhas pernas e me ensina alguns exercícios para conseguir sentar e virar na cama sozinha. Parece até que eu esqueci como me mexer! Eu o chamo de Doutor Ginástica. O Doutor Senhorita disse que amanhã vão fazer um exame em mim e então ele poderá fazer uma previsão mais objetiva sobre a minha situação futura.

Anuska

1/5/02

Transcrevo aqui os primeiros dias/santos/olhares, quem sabe isso me ajude a decifrá-los. E assim continua pelos 12 meses do ano...

Santos do Mês de Janeiro

Dia	Nome do Santo	Olhar
1	Santa Maria, Mãe de Deus	Complacente 218
2	São Basílio Magno	Receoso 76
3	Santa Genoveva	Desanimado 50
4	Santa Ângela de Foligno	Doce 20
5	São Gerlach	Comovente 234
6	Reis Magos	Desinibido 214
7	São Raimundo de Peñafort	Brando 111
8	São Severino	Amargo 69
9	Santo André Corsini	Simpático 11
10	Frei Gonçalo de Amarante	Melindroso 95
11	São Vital	Colérico 260
12	São Bernardo	Trágico 257
13	Santo Hilário de Poitiers	Feliz 15
14	Santa Verônica de Milão	Desconsolado 53
15	Santo Amaro	Concordante 142
16	São Berardo	Intenso 131
17	Santo Antão	Amistoso 239
18	Santa Margarida da Hungria	Furioso 357
19	São Canuto	Zonzo 298
20	São Sebastião	Remordido 68
21	Santa Inês	Festivo 28
22	São Vicente	Encantado 334
23	Santo Ildefonso	Indeciso 105
24	São Francisco de Sales	Irado 261
25	Conversão de São Paulo	Meigo 229
26	São Timóteo	Jovial 32
27	Santa Ângela de Mérici	Conturbado 346
28	Santo Tomás de Aquino	Investigador 196
29	São Pedro Nolasco	Zangado 59
30	Santa Jacinta Marescotti	Picante 171
31	São João Bosco	Implacável 270

São Paulo, 26 de novembro de 1931.

Meu caro amigo Max,

Você sabe o apreço que tenho por Greb e Gus, mas agora quase não os vejo. Às vezes me contam histórias, quando eu peço, para me garantir da presença deles. Outro dia estiveram aqui e eu pedi que chegassem bem perto do meu ouvido, pois a vozinha deles estava fraquinha, fraquinha... Pedi que me contassem uma história. Não conseguiam se lembrar de nenhuma história para contar e ficaram comentando sobre como a vida deles aqui no hospital era cheia de perigos dos quais nós humanos nem nos damos conta. Eles ficam aterrorizados pelos jatos de ar dos aparelhos para medir a pressão ou por jatos de ar comprimido ou pelo oxigênio dos inaladores. Como são muito leves, esses jatos podem arremessá-los longe, causando sérios prejuízos à sua saúde.

Outra coisa que eles temem como a morte são os curativos. Não é porque tenham nojo ou considerem sua visão desagradável, pelo contrário, eles até se interessam por essas coisas. E aí é que está o perigo. A grande ameaça são os esparadrapos. Como ficam muito perto das pessoas, estão sujeitos à ação dessa poderosíssima cola, capaz de aprisionar dezenas, até mesmo centenas de nonôs em um único golpe. Gus perdeu um irmão desta triste maneira. Hesitou um pouco em me contar, mas depois acabou desabafando. E eu tive que me conter para não rir, enquanto o pobre gnomo quase chorava, porque achei tudo muito engraçado.

Gris era o nome deste irmão. Ele fazia parte de uma equipe de gnomos que davam plantão no pronto-socorro. Gris era um gnomo muito dotado, considerado um expoente da família. Um dia apareceu por lá um rapaz que tinha caído de uma bicicleta. Apesar de não ter quebrado um único osso do corpo, o rapaz tinha ferimentos graves nas duas pernas, nos braços e no rosto. Em muitos lugares tinha perdido a pele e precisava de curativos espalhados pelo corpo todo. Os gnomos resolveram se dividir para acompanhar a feitura dos curativos, enquanto alguns deles ficariam observando os olhos do paciente que, apesar das dores terríveis que sentia, estava bem acordado. Gris, que era um dos líderes do grupo, foi indicado para observar os olhos. Mas ele era um gnomo muito valente e gostava de ser um exemplo para todos. Recusando a honra, ele decidiu se misturar aos subalternos e se integrou à equipe que faria a vistoria dos curativos da perna direita do paciente.

A irmã que fazia esses curativos não economizava em antisséptico, nem em gaze e muito menos em esparadrapo. O doente reclamava aos gritos. Gris e seus colegas às vezes precisavam tapar os ouvidos de tão forte que o homem gritava. Cada vez que a irmã apanhava o rolo de esparadrapo, alguém gritava "Alerta!" e todos saltavam para longe da área de perigo. Acontece que teve um momento em que o gnomo que devia dar o alerta se distraiu. Já era o último curativo daquela perna. Os demais gnomos que ali estavam foram pegos de surpresa e não tiveram tempo de se safar. Alguns ficaram grudados no primeiro pedaço de esparadrapo que foi colocado sobre o curativo e devem ter morrido sufocados entre a cola e a pele do homem. Outros grudaram no segundo pedaço, que acabou amassado (decerto pelo peso dos gnomos e pela força que eles fizeram para se desgrudar dali) e jogado na lixeira.

Com relação a esses últimos, ainda foi chamada a equipe de salvamento dos GNs (Você sabia que eles tinham isso? Eu também não...), mas nada puderam fazer diante de uma cola tão poderosa. Não conseguiram descolar os irmãozinhos, que acabaram sendo incinerados com todo o lixo coletivo do hospital. Até hoje Gus não sabe em qual dos dois grupos Gris estava. Também não importa, ele se foi de um jeito ou de outro. Mas agora dá para entender o terror que Gus tem de esparadrapo. Se ele vê um rolo de esparadrapo na mão de alguém, desaparece na hora. Isso se chama trauma, o tio Valódia me ensinou, é um choque emocional que pode modificar para sempre a vida do sujeito. Eu hein!

Bom, Max, agora estou cansada, depois escrevo mais.

Anusha

2/5/02

Querida *Lala*,

*T*enho passado dia e noite debruçado sobre os olhares da madre Maria Tereza e, depois de muito quebrar a cabeça, acho que consegui organizá-los de uma maneira mais ou menos coerente, segundo as 11 categorias das quais os GNs lhe falaram. Mas, a cada vez que olho para essas listas, tenho vontade de mudar alguma coisa. Acho que vai ser um trabalho eterno, talvez para eles também tenha sido – ou ainda seja – assim. Quem sabe?

I. Olhares Positivos

1. alegre
2. animado
3. engraçado
4. sorridente
5. exultante
6. calmo
7. tranquilo
8. expressivo
9. terno
10. delicado
11. simpático
12. extasiado
13. aprazível
14. contente
15. feliz
16. bem-disposto
17. bem-humorado
18. cheio
19. divertido
20. doce
21. dourado
22. faceiro
23. festejador
24. elegante
25. garboso
26. vivo
27. vistoso
28. festivo
29. gostoso
30. hilariante
31. jocoso
32. jovial
33. jubiloso
34. radiante
35. regozijante
36. risonho
37. satisfeito
38. fluido
39. sutil
40. singelo
41. suave
42. harmonioso
43. agradável
44. amável
45. à vontade
46. otimista

II. Olhares Negativos

47. triste
48. melancólico
49. nostálgico
50. desanimado
51. deprimido
52. antipático
53. desconsolado
54. insatisfeito
55. desiludido
56. chateado
57. emburrado
58. mal-humorado
59. zangado
60. ofendido
61. melindrado
62. contrariado
63. ferido
64. magoado
65. desagradável
66. rabugento
67. ranheta
68. remordido
69. amargo
70. cru
71. frio
72. azedo
73. pessimista
74. desgostoso
75. carrancudo

III. Olhares Inseguros

76. receoso
77. duvidoso
78. medroso
79. incerto
80. dividido
81. compartilhado
82. intimidado
83. trêmulo
84. vacilante
85. irresoluto
86. preocupado
87. flutuante
88. hesitante
89. incompreendido
90. indefinido

91. oscilante
92. vago
93. vulnerável
94. suscetível
95. melindroso
96. débil
97. escrupuloso
98. pedinte
99. mendigo
100. carente
101. desconfiado
102. retraído
103. ressentido
104. tímido
105. indeciso

106. suspenso
107. titubeante
108. introvertido
109. envergonhado
110. úmido
111. brando
112. faminto
113. malnutrido
114. indeterminado
115. reprimido
116. instável
117. acanhado

IV. Olhares Afirmativos

118. firme
119. decidido
120. desejoso
121. ardente
122. comprometido
123. improvisado
124. de supetão
125. caprichoso
126. empenhado
127. deliberado
128. meticuloso

129. de caráter
130. polido
131. intenso
132. sólido
133. pleno
134. enérgico
135. solidário
136. caloroso
137. confiante
138. reto
139. direto

140. seguro
141. resoluto
142. concordante
143. construtivo
144. objetivo
145. prático
146. estável
147. acentuado

V. Olhares Descarados

148. maroto
149. duplo
150. mentiroso
151. folgado
152. vadio
153. vagabundo
154. malandro
155. ambíguo
156. dúbio
157. orgulhoso
158. libertino
159. vaidoso
160. gaiato
161. travesso
162. brincalhão
163. cômico
164. malicioso
165. lascivo
166. devasso
167. safado
168. insensível
169. mordaz
170. inescrupuloso
171. picante
172. imoral
173. obsceno
174. chulo
175. desaforado
176. desavergonhado
177. debochado
178. inconveniente
179. ordinário
180. enviesado
181. disfarçado
182. confiado
183. melado
184. molhado
185. descomprometido
186. contrário
187. cínico
188. sarcástico
189. fingido
190. indiscreto
191. bisbilhoteiro
192. presunçoso

VI. Olhares Ousados

193. corajoso
194. desafiante
195. valente
196. investigador
197. curioso
198. lépido
199. atrevido
200. abusado
201. petulante
202. audacioso
203. atirado
204. arrojado
205. destemido
206. bravo
207. contestador
208. provocante
209. intrépido
210. vigoroso
211. ágil
212. desembaraçado
213. desimpedido
214. desinibido
215. ativo
216. expedito
217. insolente

VII. Olhares Desapegados

218. complacente
219. compadecido
220. piedoso
221. arrependido
222. altruísta
223. amoroso
224. carinhoso
225. misericordioso
226. indulgente
227. bondoso
228. benigno
229. meigo
230. afetuoso
231. modesto
232. humilde
233. tolerante
234. comovente
235. enternecedor
236. compassivo
237. atencioso
238. caridoso
239. amistoso
240. gentil
241. servil
242. deferente

VIII. Olhares Nocivos

243. invejoso
244. ciumento
245. apressado
246. ávido
247. egoísta
248. raivoso
249. vingativo
250. mordido
251. sinistro
252. funesto
253. lúgubre
254. sombrio
255. sepulcral
256. soturno
257. trágico
258. horripilante
259. rancoroso
260. colérico
261. irado
262. impetuoso
263. violento
264. arrebatado
265. enraivecido
266. exasperado
267. irritado
268. pernicioso
269. cruel
270. implacável
271. corrosivo
272. agressivo
273. crítico
274. ácido
275. áspero
276. desalmado
277. indiferente
278. estúpido
279. hostil
280. intratável
281. mal-educado
282. ofensivo
283. ríspido
284. severo
285. rude
286. bruto
287. casca-grossa
288. cavalo
289. coibitivo

IX. Olhares Entorpecidos

290. cansado
291. preguiçoso
292. sonado
293. arrastado
294. inerte
295. vagaroso
296. abobalhado
297. tonto
298. zonzo
299. embasbacado
300. semiembriagado
301. bêbado
302. chumbado
303. pregado
304. aborrecido
305. entediado
306. maçante
307. tolo
308. frouxo
309. desatento
310. desleixado
311. distraído
312. semicerrado
313. grosso
314. despreocupado
315. inócuo
316. ausente
317. ocioso

X. Olhares Surpreendidos

318. assustado
319. espantado
320. surpreso
321. aterrorizado
322. desnorteado
323. perdido
324. abalado
325. perplexo
326. atônito
327. admirado
328. assombrado
329. abismado
330. maravilhado
331. bestificado
332. estupefato
333. impressionado
334. encantado
335. chocante
336. embasbacado
337. engasgado
338. pasmo
339. arregalado

XI. Olhares Perturbados

340. atordoado
341. atrapalhado
342. atarantado
343. aturdido
344. confundido
345. confuso
346. conturbado
347. desorientado
348. embaralhado
349. estarrecido
350. estonteado
351. atormentado
352. alucinado
353. iludido
354. aflito
355. ansioso
356. desafrontado
357. furioso
358. neurastênico
359. revolto
360. genioso
361. selvagem
362. desastrado
363. excitado
364. resfriado
365. íngreme

Tadeu

São Paulo, 1º de dezembro de 1931.

Bom dia, Max!

Tenho boas-novas! O Doutor Senhorita disse que o exame mostrou que o osso da bacia já está bem solidificado. E sabe qual é o melhor de tudo? Garantiu que em uma semana, no máximo em dez dias, poderei ir para casa. Meu quarto está uma grande festa. Tenho dois novos amigos que chegaram aqui no mesmo dia. Eu resolvi chamá-los de João e Maria. A menina está morando aqui no meu quarto, ela quebrou a bacia como eu. O menino tem um problema no ombro e fica no quarto vizinho. Ele pode se levantar do dormidor e vem nos visitar com frequência, pois lá no quarto dele só tem bebês que não sabem nem falar. É agradável porque João e Maria conversam comigo e me fazem companhia.

Mamãe trouxe até um bolo para festejar. Agora com licença, pois eu tenho muito que comemorar!

Anusha

Olá, Max, cá estou novamente. Já é tarde da noite, mas o sono ainda não veio. Depois de vários dias sem aparecer, Gus e Greb voltaram a me fazer uma breve visita. Gus quase não falou, e foi Greb quem me contou uma história. Posso reconhecê-los pelas vozes, que são inconfundíveis.

Ele contou uma história que tinha ouvido dos mais velhos, sobre a travessia que fizeram de navio do velho continente para o Brasil. A viagem era muito longa naquela época, eram meses no mar. Os gnomos eram muito ingênuos naquele tempo, não estavam habituados a conviver diretamente com os homens. Passavam fome, pois na embarcação não havia sortimento das frutas que eles estavam acostumados a comer. Depois de algumas semanas a bordo, alguns deles descobriram que havia, numa certa despensa, um barril contendo nozes e castanhas de diversos tipos, que o comandante adorava comer. A notícia correu solta entre os gnomos e aquele barril se tornou um ponto de encontro. Alguns chegaram a se instalar lá dentro e passar ali boa parte de seus dias. Davam uma mordidinha aqui, uma mordiscada ali, pensando que tinham encontrado um esconderijo seguro para o traslado.

Até que um dia o comandante teve vontade de comer castanhas e pediu ao seu cozinheiro. Quando o cozinheiro abriu o barril e viu todas aquelas nozes mordidas, com aquelas marcas dos minúsculos dentinhos, pensou tratar-se de ratos. Pediu ajuda a outros marinheiros e jogaram o barril no mar. O comandante ficou furioso, pois perdeu suas iguarias e os gnomos todos que estavam no barril morreram afogados sem nem ter tempo de entender direito o que tinha acontecido. Detalhe: gnomos de nenhum tipo sabem nadar, pelo menos foi isso que Greb me garantiu.

Dobra noc,
  da especialista em gnomos pigmeus chamada
  Ana

5/5/02

Querida *Lala,*

*E*nquanto fazia aquela arrumação no museu à procura do livro de madre Maria Tereza, esbarrei num conjunto de livros de registro de internos da Santa Casa desde os idos de 1920 até a década de 1960 ou 1970, não sei bem. Na ocasião, estava com a minha concentração toda voltada para a madre e simplesmente registrei o achado na minha cabeça. Mas hoje, quando estava sentado no museu, observando dona Henedina ao longe guiando uma visita e pensando no que fazer daqui para a frente, me lembrei desses livros. Corri para buscá-los e comecei a percorrer atentamente o livro que trazia os registros de 1930 a 1932.

Nome por nome, fui decifrando as caligrafias, até que cheguei ao seu: Ana Rendel, entrada 10 de setembro de 1931, saída 14 de dezembro de 1931.

Primeiro choque: você existiu mesmo! Como é que não pensei em procurar o seu registro antes? O Villares não me perdoaria. Esteve aqui internada nas datas que seu diário confirma, não é um personagem fictício, mas uma pessoa real. Fazendo as contas, hoje, no ano de 2002, você estaria com 81 anos. Pela primeira vez comecei a pensar em você como uma pessoa real. Estará viva ou morta? Se estiver viva, onde estará? Será que você tem família, marido, filhos, netos? O que terá acontecido com você depois que saiu daqui?

Ao lado de seu nome e data de internação, havia o nome dos responsáveis: Salomão Rendel e Ruth Kasanovicz Rendel. E em seguida um endereço, que eu suponho que seja da casa de vocês: rua Newton Prado, 214, apartamento 3. Não tenho certeza do que quero fazer.

Ajude-me!

Tadev

São Paulo, 5 *de dezembro de* 1931.

Querido Max,

*H*oje foi um grande dia para mim. Irmã Polegarzinha veio logo cedo me dizer bom-dia e disse que tinha uma surpresa para mim. Meia hora depois, ela voltou trazendo uma cadeira rolante e disse que me levaria para dar um passeio. Meu primeiro passeio em meses... Você não sabe a alegria, a emoção que eu senti! Com a ajuda de outras duas irmãs, me colocaram na cadeira e saímos percorrendo o corredor. Irmã Polegarzinha me perguntou para onde eu gostaria de ir. Eu já tinha tudo bem planejado, mas para não despertar suspeita disse que primeiro gostaria de ir ao jardim. Estava um dia muito bonito, o céu azul e o sol brilhando tão forte que até ofuscava a vista da gente. Depois de ficarmos algum tempo no jardim, eu finalmente disse haver outro lugar que tinha vontade de conhecer. Ela demorou a entender minha solicitação. Dizia não conhecer tal lugar. "Mas, irmã, esse lugar existe, sim", eu falei. "Eu sei que existe. Não há um lugar onde vocês guardam os objetos antigos que não estão sendo usados?" "Fazemos doações", respondeu a irmã. "E os livros, os registros, os cadernos de anotações?", insisti novamente. "Você quer dizer a biblioteca?", disse a irmã. Depois de várias tentativas vãs, a irmã finalmente se lembrou de que havia uma espécie de depósito de "velharias", como ela chamou, coisas com as quais ninguém sabia o que fazer e que mantinham todas trancadas em uma sala bem grande que ficava próxima à Provedoria. "Pois então é para lá que nós vamos!", eu disse, já mais aliviada. "Não entendo o motivo desse desejo", relutou a Irmã Polegarzinha. "Curiosidade, irmã, curiosidade!" E como ela não quis negar esse pequeno capricho a uma paciente de tão longa data como eu, nós partimos para lá.

A sala era grande e abarrotada de coisas. As janelas estavam trancadas e a iluminação se resumia a uma lâmpada fraca pendurada no teto. Havia pilhas de livros pelo chão, cadeiras quebradas, mesas pequenas de madeira, abajures, crucifixos, marcadores de horas. Alguns objetos pequenos estavam guardados dentro de caixas de papelão. Os maiores simplesmente espalhados por toda a sala, sem ordem alguma. Fiquei pensando que para os nonôs que gostam tanto de se enfiar em buraquinhos e reentrâncias essa sala devia ser mesmo um paraíso. Além disso, as camadas de poeira revelavam que a presença humana era um acontecimento raro ali.

Fiquei olhando atentamente para tudo, procurando desesperadamente um sinal da presença dos nonôs, mas minha tentativa foi em vão. Não consegui ver nada, não percebi nadica de nada. Dava para imaginar a folia que eles deviam fazer ali, saltitantes como só eles. Mas por todo o tempo que permanecemos ali, e que não foi pouco, devido a minha insistência, nada pude ver. Saí bastante decepcionada, com uma nostalgia (tio Valódia adora usar esta palavra), saudades de um tempo que já passou. Por que não consigo vê-los?

Do widzenia,

Anusha

6/5/02

Querida *Lala*,

Fuçando na internet (que bobagem, você nem imagina o que é um computador...), descobri uma coisa incrível: existem tribos indígenas que até os dias de hoje nunca tiveram contato com a civilização! Fala-se até de povos desconhecidos que vivem isolados nos confins da selva amazônica. Há pesquisadores que tentam monitorar essas supostas aldeias sem interferência, mas é tudo muito delicado e se tem pouca informação a respeito. Não é interessante?

Tadeuzito

São Paulo, 7 de dezembro de 1931.

Querido Max,

É uma sensação incrível andar pelos corredores daqui numa cadeira rolante. Uma sensação de liberdade que mal consigo descrever. Cumprimento as pessoas, aprecio o movimento, sinto o vento que entra pelos janelões abertos. Às vezes me levam para passear pelos jardins, que eu adoro. Isso quando o tempo está bom, o que não é tão comum nessa época de chuvas. Mas eu não me importo. Só consigo pensar no dia em que voltarei para casa. Agora falta tão pouco que eu fico até arrepiada... O Doutor Senhorita disse que eu vou andar de muletas por algum tempo. Mas isso também não importa. Disseram que demora um pouco para se acostumar, mas depois que você pega o jeito fica fácil. E continuarei as sessões com o Doutor Ginástica, até voltar a caminhar como antes.

Gus e Greb estiveram aqui hoje sussurrando coisas nos meus ouvidos. Eles falam cada vez mais baixo, como se não quisessem que eu os escutasse de fato. Você não sabe a pachorra que eles tiveram. Me colocaram contra a parede. Disseram que eu não posso ter tudo, que preciso escolher. Mas eu não quero escolher!

Disseram que, quando eu for embora, perderei o contato com eles. Nunca mais os verei. Perguntei se eles não poderiam me visitar em casa. "Não se trata disso", disse Greb. "Vivemos em mundos diferentes, para ficar conosco seria preciso muita dedicação e afinco", ele continuou. "E sabemos que os apelos do mundo lá fora são muito fortes", completou Gus. Não sei bem o que eles quiseram dizer com isso. Mas me deixou um pouco chateada. Não queria perder esses amigos a quem me afeiçoei. Mas também não posso deixar de ir para casa, participar da festa de formatura, rever os amigos e brincar até dizer chega! Era só o que faltava!

Falei para eles que eu ia pensar sobre o que estavam me dizendo.

Então Greb falou com um ar sóbrio as seguintes palavras, que eu tratei de anotar imediatamente para não esquecer e poder lhe contar. Quem sabe você consegue entender, porque confesso que para mim não fez muito sentido. Depois disso eles se foram, sem nem mesmo se despedirem.

"Em certos momentos da vida você acredita que é possível fazer escolhas. Mas talvez o seu futuro esteja determinado desde quando você nasceu. Você acha que pode decidir sobre o que vai acontecer, mas não tem controle algum sobre as coisas que o levam de um lado para outro..."

Do widzenia, querido Max.

Anusha

7/5/02

Querida *Lala*,

Vindo para cá, me peguei cantarolando uns versos do Raul que dizem assim:

"Não pare na pista
É muito cedo pra você se acostumar
Amor não desista
Se você para o carro pode te pegar"

E percebi que eles falavam para mim. Eu, que já cheguei até aqui, não posso desistir agora. Em breve saio daqui e vou até a rua Newton Prado. Não é muita coisa, mas é a única pista que eu tenho de você.

Tadeu

8/5/02

Querida *Lala*, ou querida Ana,

Estou confuso, já não sei como chamá-la. Estive no seu antigo endereço, na rua Newton Prado, bairro do Bom Retiro. O número 214 não existe mais. A demolição aconteceu há dez anos, foi o que me informaram. Perdi o chão quando me disseram. Fizeram um estacionamento no lugar. Mas estando ali resolvi perguntar sobre a família Rendel. Ninguém sabia de nada. Ao lado há uma loja de roupas administrada por uma família de coreanos que chegou ao Brasil na década de 1980. Do outro lado há um bar cujo dono é descendente de italianos, de uma família que está em São Paulo há gerações. O velho está querendo vender e se mudar para o interior. Conversando com as pessoas dali, me disseram que na mesma rua havia uma sinagoga antiga, onde talvez pudessem me dar alguma informação sobre a família Rendel que eu procurava.

Fui até o local indicado, toquei a campainha, bati à porta, chamei em voz alta, bati até palmas, mas ninguém apareceu. Fiquei durante um longo tempo caminhando pela calçada, olhando os prédios, as construções, tentando imaginar como aquilo tinha sido setenta anos antes. Passei por um prédio antigo com um muro na frente, que não era nem alto nem baixo, e fiquei pensando se o muro do qual você caiu era assim. Estava desolado quando voltei ao bar do velho italiano. Pedi uma coca-cola para ver se me animava um pouco. Já estava pagando e me preparando para ir embora quando vi o italiano conversando com um senhor idoso de terno preto, barba branca e chapéu. Eles cochichavam e apontavam para mim. "Venha cá, rapaz", ele me chamou. "O seu Jacó disse que sabe de quem você está falando." Senti um frio na barriga. Então o seu Jacó começou a falar. "Eu me lembro da família Rendel, eram nossos vizinhos. Meu pai era muito amigo do seu Salomão, eles jogavam sinuca juntos. Eu e meus irmãos costumávamos brincar com os filhos deles, o Léo e a Ana..." Eu não resisti e o interrompi: "Então o senhor conheceu a Anusha?" O homem me dirigiu um olhar desconfiado. "Como ela era aos 10 anos de idade?" Eu não conseguia controlar a minha curiosidade. "Por que você está fazendo todas essas perguntas, rapaz? Qual o seu interesse por essa gente?" "É uma história longa e complicada", disse eu. "O senhor por acaso sabe onde posso encontrá-los?" "Não sei, não", disse o seu Jacó. "Se mudaram daqui faz muitos anos, logo depois que a Ana resolveu se casar com aquele rapaz goy..." "Rapaz o quê?", eu perguntei. O velho italiano logo me explicou que essa era a maneira como os judeus se referiam aos não judeus. "O senhor não sabe para onde se mudaram?" "Não sei, nunca mais tive notícias deles. Soube apenas quando seu Salomão faleceu, minha esposa viu o anúncio no jornal. Dona Ruth se foi logo em seguida." "E da Ana, também nenhuma notícia?" O velho sacudiu a cabeça. E de repente me ocorreu perguntar: "O senhor lembra como era o nome do marido dela?" "Antonio Salcedo, como esquecer desse nome? Um espanhol que apareceu por aqui. Foi uma decepção para todo mundo, a Ana era muito querida, não podia ter feito isso com a família dela." Seu Jacó falou isso com muita tristeza, o que me fez pensar se ele não estaria querendo dizer que ela não podia ter feito isso com ele. Será que ele gostava dela? Talvez tivesse sido uma paixão de juventude? É muito confuso descobrir a história dessa mulher de carne e osso que, para mim, não passava de uma menina. Seu Jacó disse que precisava ir agora. Evidentemente ele não queria falar mais sobre o assunto. Mas o importante era que eu tinha conseguido uma informação preciosa. Antonio Salcedo, agora eu tenho uma nova pista para me guiar.

    A primeira ideia que me ocorre é procurar na lista telefônica. Vou buscar tanto Rendel como Salcedo e vamos ver o que eu encontro.

Tadev

9/5/02

Encontrei apenas dois telefones para o nome Rendel: Rendel, David; e Rendel, Beatriz. O segundo era uma clínica de fisioterapia. Quando perguntei por Beatriz Rendel disseram que ela não trabalhava mais ali, que tinha vendido a clínica. No número indicado para David Rendel atende uma secretária eletrônica. Já para Salcedo, a lista foi um pouquinho maior. Liguei um por um, mas ninguém soube me informar sobre Ana Rendel Salcedo. Ainda faltam dois nomes, dois telefones que não consegui contatar: Salcedo, Enrique; e Salcedo, Inês R. Estou apostando nesse último. Vamos ver.

Tadeu

São Paulo, 13 de *dezembro* de 1931.

Querido Max,

𝒫 arece que estamos chegando ao fim do nosso relacionamento. Suas folhas estão acabando e amanhã saio daqui de vez, se Deus quiser. Saiba que vou sentir muito a sua falta. Talvez arrume outro livro de segredos para escrever, mas não será a mesma coisa. Você foi mais que um amigo para mim durante esses meses todos. Mas essa é uma etapa que eu quero esquecer. Não faço questão nenhuma de me lembrar das coisas ruins que aconteceram. Gostaria de poder lembrar-me apenas das coisas boas. Gus e Greb ainda não apareceram para se despedir de mim. Será que virão? Há dias que não tenho notícia deles. Ainda não aceitei direito aquela história da escolha, como se eles pudessem ser mais importantes para mim do que a minha vida lá fora. Gostaria de vê-los mais uma vez. Sei que quando sair daqui nunca mais se aproximarão de mim. A mamãe já está arrumando o vestido da formatura. A professora disse que vão abrir uma exceção para mim, já que sempre fui a melhor aluna da classe. Poderei participar da cerimônia e da festa, e deixarão que eu faça as provas depois, assim terei tempo para me preparar. Fiquei feliz com essa notícia, pois é sinal de que confiam em mim e sabem que faço questão de fazer tudo direitinho. Daqui a pouco tia Rosa e tio Valódia virão aqui e estou pensando em devolver a escrevinhadora que ele me emprestou e com a qual tenho escrito para você todos os dias. Papai me prometeu uma igualzinha de presente de formatura.

Falando em presentes, todos aqui foram gentis comigo e me trouxeram presentes para levar para casa. Bombons, perfumosas, cartões, livros, uma correntinha dourada (presente da Irmã Sorriso) e outros badulaques. Tudo isso para que eu leve daqui boas recordações. Mas eu juro para você que, depois de retomar minha vida lá fora, vou querer esquecer tudo o que se passou aqui.

Max, obrigada por tudo. Detesto despedidas, já estou quase chorando. Portanto vamos acabar logo com isso!

Adeus,

da sempre sua
Anusha Rendel

10/5/02

*N*o dia seguinte (14 de dezembro de 1931) a menina Ana Rendel deixou o hospital e voltou para a sua casa, conforme consta nos registros escritos da Santa Casa de Misericórdia. A razão pela qual o diário permaneceu aqui guardado é um mistério. Não sei se ela não quis levá-lo de propósito, para realmente separar esses dois momentos tão distintos da sua vida e romper com a fase difícil pela qual tinha passado. Talvez o tenha simplesmente esquecido, no meio da grande excitação de voltar à casa e com todos aqueles presentes para carregar. Aparentemente ela era uma pessoa muito querida por aqui. Pode ser também que uma das irmãs tenha pedido para ficar com ele, já que desde aquela época elas tinham o hábito de arquivar diários e escritos de pacientes, médicos e outros frequentadores do hospital.

Resolvi tentar ligar novamente para o David Rendel e, para minha surpresa, uma voz de homem atendeu. "Eu gostaria de falar com o senhor David Rendel, por favor." "É ele mesmo", respondeu a voz. "Estou procurando Ana Rendel Salcedo, o senhor conhece?" "Sim", ele me disse, "é minha tia." Quase caí para trás. "O senhor deve ser filho do Léo Rendel", disse eu, imediatamente me lembrando do seu irmão. Ele disse que sim e que o pai tinha falecido havia já alguns anos. Eu expliquei a ele que tinha uma coisa que pertencia a dona Ana e que gostaria de entregar a ela. Ele foi muito simpático e me deu um número de telefone que era o mesmo da tal Inês Salcedo. Talvez Inês seja sua filha. Ou sua neta? Em resumo, agora tenho seu endereço e telefone, mas já não sei se devo mesmo procurá-la. Não sei o que quero. Talvez não seja a mesma Ana, afinal existem homônimos. E se tudo não passar de uma grande coincidência? Posso simplesmente estar interpretando mal os fatos em função da tese que quero comprovar. Partindo de uma falsa premissa, como diria o professor Villares. O seu Jacó não se lembrava de você ter se machucado e ficado internada no hospital.

11/5/02

Querida *Lala*,

Eu nunca fui muito religioso, embora minha família seja católica praticante. Você não vai estar interessada nisso, pois já me disse que sua família é judia. Mas é que foi um sentimento tão forte que me veio de repente. Uma vontade incontrolável de rezar. Você pensa que eu sei o que é isso? Não, eu não sei. Recitar uns versos como a Irmã Rata-Branca fez com você? Não acho que seja tão simples. Só sei que quando dei por mim estava ajoelhado na capela, desejando ardentemente que alguém viesse em meu auxílio. Minha cabeça estava a ponto de explodir. Agora sei que você existiu. Os fatos são os seguintes: você está viva e deve ser hoje uma senhora de 81 anos. Sei também onde você mora, endereço completo com CEP e tudo. O telefone também. Custo a acreditar que isso esteja acontecendo comigo. Falta-me coragem para prosseguir.

"Não sei porque nasci
pra querer ajudar a querer consertar
o que não pode ser"
      Tadeu, pelas palavras do Raul

12/5/02

Passei a tarde no museu, onde estou neste momento, tentando chegar a uma conclusão. Supondo que eu chegasse até você de fato, o que eu diria? O que eu faria? Não sei se quero ver a minha Anusha com 80 anos... No que será que você se transformou? Será que ainda se lembra do que escreveu durante uma temporada de internação na Santa Casa setenta anos atrás? E se eu me decepcionar? E se você não for você? Se for uma outra Ana que por um acaso do destino carrega o mesmo nome? Agora preciso ir porque dona Henedina está me pedindo para entregar uns papéis na biblioteca da faculdade.

                Tadeu

13/5/02

Dormi pouco a noite passada, pensando em tudo o que está acontecendo. Dona Henedina pediu que eu chegasse cedo hoje, pois ela precisa ir a uma consulta médica e tem uma visita marcada com um grupo de outra escola que vem conhecer o museu. Sabe que hoje senti uma gratidão imensa por essa senhora que me abriu a porta para isso que estou vivendo. Apesar de suas idiossincrasias (afinal quem não tem as suas?), ela é uma ótima pessoa. Ela me disse assim: "Você já passou tanto tempo aqui dentro, já me viu tantas vezes guiando visitas pelo museu, que tenho certeza de que já sabe o roteiro de cor." Ela me deu uma olhadinha inquisitiva. "É ou não é?", perguntou. "De certa forma, sim", respondi meio sem jeito. "Pois então hoje você vai ter a oportunidade de mostrá-lo."

O seu pedido era simples. Ela queria que eu guiasse a visita enquanto precisava se ausentar. No início não gostei muito da ideia, não achei que pudesse fazê-lo a contento. Mas logo vi que não havia escapatória: eu teria que fazer querendo ou não. Ao me concentrar e tentar repassar o roteiro mentalmente, percebi que não seria difícil saber o que dizer. De fato eu conhecia aquele percurso de cor e salteado. E quando chegou o momento, comecei dizendo assim:

"Boa tarde a todos, sejam bem-vindos ao Museu da Santa Casa de Misericórdia de São Paulo. Para aqueles que não sabem, ela foi fundada em 1560... São mais de 400 anos de história... A peça mais célebre que temos é a Roda dos Expostos, com o registro de todas as crianças que foram abandonadas na Santa Casa... Muitos roteiristas de telenovelas nos visitam à procura de inspiração para criar seus personagens e enredos dramáticos... O museu acolhe também raridades como instrumentos e utensílios médicos,

aparelhos de época... Uma das maiores curiosidades é este grande eletroímã do século XIX, que era utilizado para extrair fragmentos metálicos dos olhos, mas tinha uma potência tão forte que chegou a extrair a retina de um paciente, e depois disso não foi mais utilizado...
Há também livros de documentação de cirurgias... Esta sala é destinada aos objetos de arte, móveis, vasos, esculturas... Nesta parede à nossa esquerda, encontram-se retratos dos grandes doadores e benfeitores da história da Santa Casa... Aqui vocês podem ver um armário executado em 1883 para nossa farmácia... Ele hoje está repleto de antigos instrumentos, balanças e medicamentos usados no passado..."

Nesse exato momento da visita, deparei com um objeto que jamais havia visto ali no museu. Talvez tenha estado sempre ali, sem que nunca tenha me chamado a atenção, ou talvez alguém o tenha colocado ali agora... Talvez não tenha chamado a atenção por estar deslocado, pois deveria estar na sala dos aparelhos médicos e oftálmicos, mas estava camuflado atrás de uma antiga balança. Um turbilhão de pensamentos me passou pela cabeça naquele instante. Tratava-se de um objeto metálico, com uma estrutura que suportava um conjunto de lentes superpostas que se podiam combinar de diversas maneiras, uma mistura de óculos e binóculo, pela profundidade do aparelho e pela distância que a última lente supostamente ficaria do rosto de quem o usasse. Naquele momento não tive mais dúvidas.

"E este objeto que vocês veem agora é o inventóculos, que foi criado por um oftalmologista na década de 1930 para ajudar uma menina com problemas de visão... E isso é tudo, a visita acabou. Agora se me dão licença..."

Os visitantes ficaram meio perplexos, pois era evidente que a visita ainda não tinha chegado à metade. Mas sem maiores explicações pedi que se retirassem. Dona Henedina vai me matar! Mas eu não posso esperar mais nem um minuto sequer! O inventóculos me fez perceber que você é você mesma, *Lala*, tudo o que você escreveu é verdade e encontrá-la nesse momento é a coisa mais importante da minha vida.

Vou levar o diário e, se você não se importar, depois o trago de volta. Não vou nem telefonar. Tenho o endereço e, se for preciso, esperarei na sua porta o tempo que for necessário.

Do widzenia (mesmo!),

Tadev

19/5/02

Essa é minha última anotação. Já decidi o rumo que quero dar à minha vida. Mas antes de partir em busca do meu destino preciso registrar aqui os últimos acontecimentos.

Eram cinco horas da tarde ontem quando cheguei à porta da casa de Ana. Rua Indiana, 417, Brooklin. Um sobrado simpático com um pequeno jardim na frente. Toquei a campainha e uma voz me respondeu através do porteiro eletrônico. "Quem é?" "Meu nome é Tadeu Kovalsky, procuro dona Ana Rendel Salcedo." "Sobre o que seria?" "Foi o sobrinho dela, o David Rendel, que me mandou." Não era mentira, pois ele é quem tinha me dado o telefone dela. Fiquei com medo de que ela não quisesse me receber. "Só um minutinho..."

Logo em seguida o portão abriu e eu fui caminhando até a porta da casa, as pernas trêmulas, o coração batendo forte. Uma senhora abriu a porta. Ela tinha os cabelos bem grisalhos e arrumados como se tivesse acabado de sair do salão de cabeleireiro. O rosto redondo, as bochechas rosadas e os olhos pequenos e bem pretos, como duas jaboticabas maduras. "Pois não?", ela disse numa voz grave e suave. "A senhora é dona Ana?", perguntei gaguejando. "Sim, sou eu mesma." Tirei o diário da minha sacola e o mostrei a ela. "A senhora reconhece isto aqui?" "Preciso pegar meus óculos", disse ela, dirigindo-se a um pequeno aparador que ficava ali mesmo no hall de entrada. Com o rabo dos olhos, vi diversos porta-retratos com fotografias de família: Ana com o suposto marido, uma moça jovem com duas crianças (talvez seja a Inês?), um casal na faixa dos 40 anos e algumas crianças.

Ela voltou em seguida com os óculos e apanhou o diário da minha mão. Ficou muda por alguns segundos. Percebi que sua respiração acelerou. Com a mão pousada sobre o peito, intercalava o olhar entre mim e o diário. "Preciso me sentar", ela disse com a voz embargada. Eu estendi o braço para que ela se apoiasse em mim e a acompanhei até a poltrona. Ela não conseguiu disfarçar as lágrimas que escorriam pela sua face. "Oi, *meine got*, o diário! Onde você conseguiu o meu diário?"

Expliquei a ela como o diário tinha vindo parar nas minhas mãos e abri meu coração. Contei a ela um resumo do que tinha sido a minha vida nos últimos meses e confessei que eu próprio estava escrevendo um diário também. Ela segurou minhas duas mãos com firmeza entre as dela e me agradeceu, ainda com lágrimas nos olhos.

"Você prefere que eu o chame de Tadeu ou de Max?"

"Como a senhora quiser."

"Prefiro Max, é o nome do meu filho, sabia? Max, você não sabe o bem que você me fez. Eu tinha me esquecido completamente deste diário. Depois que saí do hospital as memórias do que vivi lá dentro foram se distanciando e se apagando pouco a pouco. Até posso dizer que me esqueci completamente de tudo. Na verdade, agora vejo que talvez essas memórias tenham permanecido guardadas em algum lugar e regido a minha vida de certa forma. Desde a minha mocidade, sempre senti falta de alguma coisa, sabe? Às vezes tinha a impressão de ter esquecido algo muito importante, como se a minha vida se passasse num plano, sem uma razão. Mas você é tão jovem, Max, não sei se entende o que essa velha fala..."

Eu garanti que estava entendendo perfeitamente o que ela queria dizer. De uma maneira tão intensa como nunca tinha compreendido nenhuma outra pessoa na minha vida inteira. Ela sorriu.

"Desde que o Antônio se foi esse sentimento se agravou, como se eu tivesse medo de morrer com essa sensação de vazio. E agora você... você me traz essa surpresa maravilhosa! No momento em que botei os olhos neste caderno, a lembrança me voltou de chofre, como uma pancada. Como se eu recuperasse finalmente uma coisa muito valiosa dentro de mim, da qual passei minha vida esquecida. Mas ela esteve sempre lá, guardada em algum canto. Eu sei. Eu sei que agora está tudo bem. Eu reencontrei alguma coisa. Eu me reencontrei. E graças a você, Max."

Tudo o que ela falou me deixou também muito emocionado. Ela se levantou, pediu licença e saiu da sala. Voltou trazendo uma pequena caixinha de música antiga, com a pintura bem desbotada.

"Essa é a única recordação que guardei daquele tempo. Nunca tive coragem de me desfazer dela. Em meio a tantas mudanças, tantas viagens, tantas coisas que se foram... por alguma razão eu sempre fiz questão de mantê-la comigo. Eu me dizia que eram razões sentimentais, nostalgia da infância e outras tantas coisas, mas agora entendo o porquê." Ela abriu a caixinha com cuidado e pediu que me sentasse ao lado dela no sofá. Pareceu apanhar alguma coisa entre os dedos e aproximou a lupa que trazia na outra mão. "Veja, Max! Ela continua aí, não é um milagre?!" Eu me aproximei ainda mais e levei um susto. "Não é possível!", exclamei. "Inacreditável! É mesmo o que eu estou pensando?", perguntei para me certificar. "Isso mesmo, a bota de Greb. Esteve aí esses anos todos. Eu abria a caixa e não era capaz de vê-la. Mas ela estava aí. Agora nós dois a vimos. Você é minha testemunha."

Minha cabeça estava girando. Tanto tempo dispensado, tantas tentativas vãs e agora eu finalmente recebia um presente. A visão da minúscula bota de Greb era a prova definitiva que eu sempre quisera. Se bem que agora já nem sei se fazia tanta questão dela.

"Não espere chegar à minha idade para viver plenamente, Max."

Dona Ana abriu o diário e leu:

"Em certos momentos da vida você acredita que é possível fazer escolhas. Mas talvez o seu futuro esteja determinado desde quando você nasceu. Você acha que pode decidir sobre o que vai acontecer, mas não tem controle algum sobre as coisas que o levam de um lado para outro..."

Ela me olhou nos olhos: "A vida pode nos escapar por um triz. Não deixe que isso aconteça com você."

Continuamos conversando por algumas horas, mas também não cabe aqui registrar todo o teor da nossa conversa. A impressão que eu tinha é de que ela tinha escolhido se lembrar. Saí de lá depois das nove da noite com a decisão tomada. Irreversivelmente tomada. Recebi a prova concreta da existência dos nossos gnomos. Sei que tenho muito a aprender com eles. Aprender a entender as pessoas e descobrir a mim mesmo através desse conhecimento dos olhares que tudo contêm. Acho que tenho uma pista de onde encontrá-los. Precisava apenas passar uma última vez pelo museu para devolver o diário (Ana afirmou várias vezes que não precisava mais dele) e fazer esse último registro no meu próprio diário que tinha ficado aqui.

Talvez eu possa dizer que também não preciso mais do meu. Ambos devem permanecer aqui para que algum dia, quem sabe, alguém os encontre, como aconteceu comigo. Talvez eu não seja o único. Vai saber? De qualquer forma, precavido que sou, farei uma cópia de todo o material e levarei comigo. Eu não quero correr o risco de esquecer.

Já pensei em tudo. Amanhã, na primeira hora, passo na secretaria da faculdade para tentar trancar minha matrícula. Dou outra vez uma de tio Valódia e mando um telegrama para casa, pedindo que não fiquem decepcionados comigo. Eles precisam entender que não posso desperdiçar esta oportunidade. O *dziadek* aprovaria. Nunca torci para o Atlético.

Acho que isso é tudo o que tenho a dizer. Desejo sorte para todos nós!

Adeus,

Tadeu

Quando termino a leitura, os demais visitantes já deixaram o museu. Chamo dona Otília e lhe pergunto se ela sabe o que aconteceu ao rapaz que escreveu o diário, o tal Tadeu Max Kovalsky. Ela diz não saber ao certo. Não revelo o motivo da minha visita, nem minha verdadeira identidade. Ainda estou atônito pelo fato de ela ter me oferecido seu diário antes mesmo de saber quem sou. Será mesmo o destino? Ela me conta apenas que dona Henedina sofreu um infarto fulminante há cerca de duas semanas e está internada na UTI do hospital. Otília fora chamada às pressas para substituí-la. Alguns colegas da área administrativa comentam que ela falava sempre de um rapaz por quem tinha muito apreço. Falava dele como um assistente do museu, que tinha trabalhado com ela. Mas parece que do dia para a noite o rapaz largou a faculdade e desapareceu sem avisar ninguém. Um dos colegas com quem dividia um quarto de pensão afirma que ele havia comprado uma passagem aérea para Manaus. Mas não se sabe ao certo. Nunca mais tiveram notícia dele.

Agradeço as informações e deixo o museu, convencido de que aquele material precioso contém todas as chaves para a investigação. Saio caminhando sob os arcos neogóticos, rodeado pelos janelões imensos dos corredores largos da Santa Casa. Mesmo sabendo que um investigador não deve se envolver com o objeto de sua investigação, me sinto realmente intrigado pela história que apenas começo a conhecer.

São Paulo, 30 de maio de 2002.

Caros sr. e sra. Kovalsky,

Sou o investigador de polícia Paulo Nakashima, lotado no 77º Distrito Policial que cobre a região da Santa Casa de Misericórdia, no bairro de Santa Cecília, em São Paulo, capital. Na minha profissão, é comum depararmos com histórias realmente incríveis.

Tudo começou quando fui procurado pelo professor Villares, docente da Santa Casa, um grande amigo e uma pessoa fantástica, com quem tive a honra de trabalhar no IML. Ele me contou que havia recebido um telefonema da mãe de um jovem aluno seu, a propósito do desaparecimento súbito do garoto, dizendo que o filho o admirava como um ídolo, e que ele era a única referência da família em São Paulo. Sem saber como agir, Villares me solicitou, em nome de nossa antiga amizade, que ajudasse a investigar o paradeiro do rapaz. Falou-me que ultimamente ele só se comunicava por telegramas e que vocês achavam isso "típico do Tadeu". Villares me revelou o texto do último telegrama dele, que sua mãe repetiu várias vezes ao telefone.

PARTO VIAGEM LONGA SEM NECESSIDADE PREOCUPAÇÃO PT FAREI CONTATO MOMENTO OPORTUNO PT SAUDADES TODOS VG TADEU

Entendo que queiram manter sigilo sobre o caso, até em respeito ao jovem que aparentemente não quer ser encontrado e se preocupou em avisar vocês que estava partindo. Na verdade, pouco poderei fazer, pois esta é minha última semana na ativa. Minha aposentaria finalmente saiu. Estava inclusive arrumando a casa para meu sucessor, o investigador Jair da Silveira, quando Villares me procurou. Na semana que vem, parto com um grupo de amigos para uma temporada de pesca no Rio Madeira. Finalmente poderei participar de todas as pescarias com que sempre sonhei, percorrendo todos os rios pela Amazônia afora. Mas ao mesmo tempo não poderia negar um pedido deste grande amigo.

De qualquer forma, gostaria de lhes dizer que minha experiência profissional me leva a crer que seu filho está bem. Essa é a impressão que eu tenho. Vocês podem acreditar no que diz o telegrama enviado por ele. Talvez apenas precise desse "tempo", como dizem os jovens de hoje. Já testemunhei inúmeros casos de jovens que desaparecem, às vezes em função de surtos de loucura, esquizofrenia, distúrbios bipolares e outros mais; condição muitas vezes agravada pelo uso de drogas e substâncias químicas que afetam o discernimento e a capacidade de raciocinar. Pela minha experiência, posso afirmar que Tadeu não se enquadra nesse grupo. Vejo indícios de que ele está bem e lúcido. O fato de ter pensado em trancar a matrícula significa que tem a intenção de voltar. Acredito que se trata de alguém que foi em busca de sua felicidade e realização pessoal e não atrás de uma loucura qualquer.

Conforme tentei descrever no meu relato, encontrei o diário do Tadeu no museu da Santa Casa, assim como o da Ana, ao qual ele se refere. Tomei a liberdade de fazer uma cópia de ambos, como material para a investigação, e estou enviando em anexo uma xérox para vocês. A leitura os ajudará a compreender melhor o que se passava na cabeça de seu filho e o momento que Tadeu está vivendo. A meu ver, a única maneira de encontrá-lo seria seguir seus próprios métodos e acompanhar seu raciocínio. Embora creia que ele não deixará rastros. Agora vamos aos fatos que podemos extrair da leitura do seu diário:

- há um interesse claro pela capacidade de compreender melhor as pessoas (até no sentido de compreender melhor a si mesmo) que encontra respaldo no estudo dos olhares pelos gnomos;
- a obtenção da prova "concreta" (pelo menos Tadeu acredita nisso e assim se refere) da existência destes gnomos;
- a constatação definitiva de que os GNs não estão mais na Santa Casa, como Tadeu acreditava inicialmente;
- a informação de que no passado os gnomos apreciaram a companhia dos índios de olhares puros que não tinham tido contato com o homem branco;
- e finalmente a descoberta de que, ainda hoje, existem tribos isoladas que não querem ter contato com a nossa civilização.

Não é difícil imaginar a intenção de Tadeu ao deixar a cidade e partir para a região amazônica. Infelizmente encerro aqui minha contribuição. Se for dada continuidade, o caso irá para outra jurisdição, provavelmente no Amazonas.

Torço muito pelo reaparecimento do Tadeu. Silveirinha, meu assistente e agora substituto, manterá vocês informados sobre qualquer novidade que chegue à nossa delegacia.

Atenciosamente,

Paulo Hideo Nakashima

Impressão: Gráfica JPA